CREADORES DE MALDAD:
SIMPLEMENTE ASESINOS

por

AMBROCIO MAGAÑA ÁLVAREZ

Introducción

Es un libro nostálgico y terrorífico. Se trata de un pequeño ser despiadado, quien desde antes de su nacimiento, desde el vientre de su madre, ya comandaba su diabólico plan, el cual era masacrar a toda una comunidad y a todo ser viviente que allí existiera, torturándolos con severos castigos. Verlos y escucharlos pedir clemencia era lo que más lo divertía.

La otra historia trata sobre una hermosa joven que, desde el primer suspiro en esta vida, ya traía escrito su destino, el cual sería muy cruel y perverso, debido a personas despiadadas que la condenaron a una vida cruel y miserable, por simples prejuicios que ellos creían. Decían que ella era culpable de toda desgracia que allí sucedía. Todos la juzgaron y la condenaron. Por ese tonto prejuicio, la acusaron de ser una bruja malvada y despiadada, protegida por Satanás. Por eso, todas las personas que la conocían se unieron para intentar masacrarla. Sin embargo, no lograron hacerlo; ella simplemente desapareció de forma muy misteriosa, siendo encontrada sepultada junto a la tumba de una anciana que la cuidó hasta su muerte, cuando solo era una pequeña niña. El misterio fue que nadie la sepultó.

ACERCA DEL AUTOR

Soy de una comunidad muy pequeña en el estado de Michoacán, México. Soy de una familia grande de 12 hermanos, yo soy el #7. Tengo muy poca educación escolar. Crecí en el campo, con padres campesinos. A los 20 años me vine a California, EE.UU., donde trabajé en el campo por 17 años recolectando uva, limón, naranja, kiwi, manzana, y en la poda de uva, almendra, limón, entre otros. Después, intenté estudiar en un colegio en el estado de Oregón, pero por falta de inglés no pude pasar las clases y me retiré. Me vine al estado de Wisconsin, donde vivo con mi esposa, mis hijas y mi hijo. Trabajé en fábricas hasta mi jubilación. Es por eso que ahora tengo tiempo de intentar hacer realidad mi sueño, que es ser escritor de todo tipo de libros, de todos los géneros, y de diversión cómica, entre otros.

Tabla de contenido

PRINCIPITO DEL MAL

Es una historia tan triste como perversa, terrorífica, escalofriante, llena de pavor, tragedia, dolor y sufrimiento. La comunidad sufrió bajo la maldición de un pequeño ser despiadado y diabólico. "ME CREERÁS" que desde el vientre de su madre ya descargaba la furia de su maldad en esa comunidad, no solo castigándolos con una risa burlona que en eco se escuchaba mientras los aterrorizaba, sino que también, de forma muy cruel, los masacraba sin ninguna misericordia. Aunque sus víctimas clamaban por ella, para este principito del mal, verlos aterrorizados y masacrarlos era lo que más lo divertía en sus crueles jugarreta.

FLORES DEL CAMPO RECOGIÓ

Esta es muy diferente a la anterior. Se trata de una preciosa jovencita que desde su nacimiento ya tenía escrita su maldición, la que viviría después de llegar a este universo. Desde los escasos cinco años ya sentía el desprecio, los insultos, la humillación, el pavor y la perversidad a los que era sometida por los habitantes de algunas comunidades, quienes, por sus tontos prejuicios, la juzgaron y condenaron, creyendo que era una bruja malvada, o el mismo demonio, o que tenía un pacto con él. Por eso la protegía cuando intentaban abusar de ella o asesinarla. El odio hacia ella era tanto que la acusaban de cualquier tragedia que sucediera en esa comunidad, culpándola de que ella era la causante. Al final de su destino, la bella joven encontró una misteriosa y desagradable despedida de este mundo. La encontraron sepultada junto a la tumba de una anciana que, cuando la joven era niña, la había cuidado. El misterio fue que nadie la sepultó.

PRINCIPITO DEL MAL

Esta no es una historia, o más bien, no fue una historia, una leyenda o un mito: **(FUE UNA TRÁGICA REALIDAD)**. Fue una terrorífica, escalofriante y despiadada realidad, una cruel e inhumana masacre, una indeseada maldición, un desagradable encuentro con la perversidad de un pequeño ser maligno, un tormentoso castigo que, por poco más de tres semanas, vivieron los pobladores de una localidad. Cuando conozcas toda la verdad sobre ella, quizá pienses lo mismo que yo: ¡Dirás que es una broma, que me quieren tomar el pelo! Pero no, esta sí fue una cruel y perversa realidad, una maligna perversidad que hasta el día de hoy, en aquellos que la vivieron y sobrevivieron a esa horrible pesadilla, aún queda en sus almas y cuerpos, con huellas y macabros recuerdos de lo que les sucedió. Quizá creas que todo lo que te contaré de la terrorífica pesadilla es una broma, y que la causa, cuando estaba sucediendo, hacía que las personas y todos los animales pudieran escuchar el eco de su risa diabólica y burlona. Aún hoy, centenares de ellos son verdaderos testigos; en su alma y cuerpo tienen muy visible lo que les causó esa maldición, tanto personas como animales, al tiempo que los estaba masacrando. **(¿ME CREERÁS SI TE DIGO QUE DESDE EL VIENTRE DE SU MADRE YA COMANDABA SU PLAN DE MALDAD?).**

Como te diré, esa no era ninguna broma. Las víctimas de ese pequeño ser maligno sentían el dolor y sufrimiento de un despiadado castigo, de sentirse atrapados por la maldición, por la perversidad, mirando a otros padecer lo mismo que ellos, clamando por ayuda y sin poder ayudarse entre sí, mucho menos brindar ayuda a quienes la estaban implorando. Sus llantos y ruegos, sus últimas plegarias, lentamente se dejaban de escuchar cuando sus almas se escapaban de sus cuerpos al no poder resistir la feroz crueldad que los masacraba, y sin ninguna compasión o misericordia, les arrebataba sus vidas.

Es difícil de creer cuando te cuentan algo tan perverso y lamentable, algo que, al comenzar, nadie pudo evitar ser víctima de esta maldición, de esa pesadilla mortal. Con una gran nostalgia que desde sus almas aún no cicatrizan, todos los sobrevivientes pueden dar testimonio de cómo comenzó, cómo se fue iniciando, cómo la estaban viviendo y cómo la vivieron. Así como decenas de personas y algunos animales que aún existen, son visibles testigos de la macabra tragedia, pues en sus cuerpos tienen huellas imborrables de lo que vivieron. Así también, centenares no pudieron soportar las endemoniadas embestidas de los feroces vendavales, que con la fuerza de su furia destruían y masacraban todo lo que encontraban a su paso.

Por eso es muy fácil creer que solo es una distracción o una burla para quien te escuche, pero no. ¡Yo con mis propios ojos pude ver parte de lo que aún queda de esa desagradable tragedia! Lo que aún queda entre los que la vivieron y la sobrevivieron: los panteones clandestinos de personas y animales, que con sus vidas pagaron las jugarretas de aquel pequeño ser diabólico, que vino desde el mismísimo infierno a causarles sufrimiento, terror, la muerte y la destrucción de sus hogares y sus vidas. Son los mejores testigos, que conservan ese inolvidable sufrimiento y la historia de ese maldito momento.

Algo que nunca pude creer y no creo que tú seas incrédulo en pensar que es verdad, es cuando te cuentan una historia que tú no presenciaste o te presentan pruebas de que realmente sucedió. Pues en estas ocasiones no hay testigos ni evidencias que puedan confirmar que realmente sucedió. **¡Por eso!** En la cruel realidad que se vivió en esa población, te resultará muy difícil de asimilar y pensar que sí fue una despiadada tragedia diabólica, cometida por una pequeña criatura maligna. Mucho menos es fácil de creer que, desde el vientre de su madre, ya dejaba sentir la furia de la maldad que venía a hacerles. Ya les había avisado que muy pronto estaría entre ellos.

Bueno: Sé que no me creerás si te digo que alguien se defendió con una navajita de cinco centímetros de largo contra veinticinco personas que traían machetes y hachas, y que no los mató, que solo con esa navajita les tumbaba los machetes y las hachas, y después los agarraba, los amarraba y los amontonaba hasta que terminó con todos. **¡Quizás dirías!** "No, eso no es nada. Yo sé de otro que se defendía contra cuarenta aviones de guerra que le lanzaban misiles y bombas atómicas, como cien por minuto, y con la pura cachucha se las quitaba y se las regresaba hasta que venció a todos." A algunos los derribó, y a otros les dio miedo y los hizo huir. **¡Sin duda no lo vas a creer!** Pero yo te contaré algo que comprobé que pasó, una tragedia real que decenas de personas me contaron y de la que decenas de animales también fueron testigos. Cuando me lo contaron, no lo creía; también se me hizo difícil asimilarlo. Por eso me di a la tarea de comprobarlo. Veremos si tú lo crees. Sobre todo, lo que hizo un bebé antes de nacer y recién nacido. **¡Si no lo crees!** Espero que, por lo menos, te sirva de distracción. Recuerda que la lectura es cultura. ¡Te ayuda a dejar de pensar en los momentos tristes que has tenido, te ayuda a relajarte, es un antibiótico contra el estrés y los malos momentos que estés pasando! Tal vez te sirva de distracción y puedas compartir el gusto de la lectura con tus hijos o tu familia.

COMIENZO A DESCRIBIR LA MALDICIÓN O LA ESCALOFRIANTE REALIDAD QUE SUCEDIÓ NO HACE DEMASIADOS AÑOS, EN UNA COMUNIDAD DE UNOS OCHOCIENTOS A MIL HABITANTES. AÚN EXISTEN PERSONAS Y SERES VIVOS QUE SON TESTIGOS DE LOS HECHOS, SOBREVIVIENTES DE ESE FATÍDICO Y DESASTROSO ENCUENTRO CON UN PEQUEÑO SER PERVERSO, DIABÓLICO Y MALIGNO, QUE SOLO VINO A LA TIERRA A TRAER DESGRACIA, MUERTE Y DESTRUCCIÓN.

CONTARÉ MI RELATO TAL COMO ME LO CONTARON Y COMO YO PUDE VER PARTE DE LO QUE QUEDA DE RUINAS

DE LOS DESASTRES VIVIDOS, ASÍ COMO EL SUFRIMIENTO DE DECENAS DE PERSONAS Y ANIMALES QUE AÚN CARGAN CON ESA CRUZ MALDITA Y PESADA, Y QUE, CON EL DOLOR QUE SIENTEN, SIGUEN SOPORTANDO. VARIOS SOBREVIVIENTES, CUYAS HERIDAS FÍSICAS AÚN NO HAN CICATRIZADO, DICEN QUE LAS HERIDAS DEL ALMA SOLO HAN SIDO BORRADAS POR AQUELLOS QUE YA NO ESTÁN ENTRE NOSOTROS. QUIZÁ LAS PRÓXIMAS GENERACIONES TENGAN RECUERDOS, YA QUE AÚN EXISTEN HUELLAS QUE HARÁN RECORDAR POR DÉCADAS LO SUCEDIDO.

Cuentan —mejor dicho, me contaron, me dijeron— que en aquella población donde ocurrió la escalofriante tragedia, había una mujer joven, viuda y hermosa, muy conocida en la comunidad. Su esposo había muerto unos meses antes, pero ella quedó embarazada y dio a luz a una hermosa criatura poco tiempo después. La criatura era tan angelical que todos se maravillaron con su nacimiento. Decían que era un niño muy guapo, y por eso era admirado por todos los que lo miraban.

Cuentan que siempre fue una mujer muy querida por toda la comunidad, al igual que su esposo. Eran personas muy serviciales y bondadosas, ayudaban a todo el mundo. Cuando la mujer se convirtió en viuda, todos en la comunidad la apreciaban mucho. Por eso, nadie sospechaba que tuvieran relación con santerías o cosas del demonio. Nunca pensaron ni notaron nada extraño en su comportamiento, mucho menos imaginar que de esa hermosa y bondadosa mujer naciera un bebé maligno, capaz de querer destruirlos física y moralmente, de querer destruir su tranquilidad, su fe, y su amor hacia su religión, y de destrozar la vida de todos los seres vivos que habitaban esa región.

Puede ser difícil de creer lo que sucedió. Según cuentan quienes vieron nacer al niño, lo llamaron "principito" por su belleza. Aunque algunos no lo vieron nacer, sabían de su llegada. Para ellos, parecía un niño como cualquier otro, pero los que ya lo habían visto comentaban que era tan guapo como un principito. Era la admiración de la comunidad de ese pequeño rancho. Lo que nunca imaginaron es que ese niño tan guapo como un principito se convertiría en un "principito del mal", un pequeño ser que los haría vivir la peor pesadilla de sus vidas, trayendo destrucción, dolor y muerte a todos los seres vivos de la comunidad, incluidos personas, caballos, perros, vacas y toda clase de animales. Todos vivieron, sintieron, y sufrieron algo extraño, una maldad desconocida. Nunca antes en esa comunidad, ni en ninguna otra región, había ocurrido una masacre semejante.

Todos los seres vivientes en esa población vivían una pesadilla. No comprendían la maldad que los estaba masacrando. Esa maldición llegó como una lluvia o un viento salvaje, y junto con la destrucción vino una epidemia de fuertes gripes, tos, y escalofríos acompañados de fiebre alta, causada por la mortandad de decenas de animales. La epidemia también enfermaba a otros animales y provocó la peor maldición: la muerte de muchas personas y centenares de animales, que, aunque lucharon por sobrevivir, también cayeron víctimas de la despiadada maldición de aquel hermoso niño, el "principito del mal".

Mejor cuento todo en detalles, tal como me lo relataron, tal como sucedió y como la presintieron y vivieron todos los que sobrevivieron a la fatídica, sanguinaria y malévola tragedia del principito.

Se dice —o más bien, los que me lo contaron dicen— que unas dos semanas antes del nacimiento del principito, sucedieron cosas raras. Algunos escuchaban aullar lobos dentro de sus casas, o ruidos extraños por donde caminaban. Estos sonidos se escuchaban a todas horas y en cualquier parte, pero sobre todo por las noches, cuando se dejaban oír risas extrañas que daban miedo y escalofríos. También se escuchaban chillidos, como de ratas o jabalíes atorados. Además, unos vientos rápidos traían frío y miedo. Las personas se sentían cansadas y fatigadas, y se miraban entre sí como zombis, oyendo ecos de ruidos y sonidos que provenían de los cerros y de todas partes de las montañas.

Me contaron que llegaban aromas extraños con el viento, que era algo difícil de entender y de soportar. La gente no podía evitar sentirlos. Los animales también estaban viviendo la misma pesadilla, la misma maldición. Se les veía tristes, con los ojos lagañosos. Muchos no comían; los perros y coyotes aullaban con tristeza. Los demás animales pasaban casi todo el día dormidos, como si estuvieran enfermos durante varios meses. Para todos en la población, era difícil comprender lo que les estaba sucediendo. No deseaban estar viviendo esa realidad diabólica que estaba a punto de comenzar: la jugarreta del principito del mal, que apenas estaba planeando su malévolo jueguito que les iba a enseñar.

También me dijeron que, poco antes de que pasara una semana del nacimiento del principito, aunque era de día y hacía sol, de pronto se puso nublado y oscuro, como si fuera a llover, pero no llovía. Parecía que iba a haber una tormenta severa, y se veían y escuchaban centenares de relámpagos. Tronaban tan fuerte que casi mataban a la gente del susto. Pero todos pensaron que podía ser normal, que era algo que estaba pasando con los cambios de la naturaleza. Por eso nadie sospechó lo que les podría pasar. Nunca se imaginaron que aquel lindo bebé, viéndolos sufrir, se iba a divertir.

También me dijeron que, justo al empezar la semana del nacimiento del principito, empezaron a caer lluvias torrenciales despiadadas. Los relámpagos aparecieron junto con ráfagas de viento que casi parecían hablar de lo fuerte que sonaban. Los pobladores, al escuchar el sonido del viento, decían que parecía una risa diabólica que se burlaba de ellos. Los fuertes vientos destrozaban casas y algunos árboles, y la luz ya se había cortado. Los ríos estaban por desbordarse de tanta lluvia. La gente, asustada, se preguntaba qué era lo que estaba pasando. Años anteriores habían tenido fuertes aguaceros y vientos desagradables, pero esta vez eran más despiadados, más crueles y mortíferos. Las personas se ayudaban unas a otras, buscaban refugios más seguros, pero cada uno de ellos era embestido por los poderosos vientos que, con su fuerza, los iban destruyendo. Fue entonces cuando se dieron cuenta de que estaban a punto de sufrir una tragedia. Ya empezaban a presentir el terror que iban a vivir. Las cicatrices en sus cuerpos se hacían presentes. Unos a otros se ayudaban, curaban sus heridas, se daban valor para enfrentar la maldición que estaban sintiendo. Creyeron estar sufriendo algo que sería difícil de olvidar por el resto de sus vidas, y tal como lo pensaron, así les sucedió.

Me dijeron que, entre el sufrimiento del dolor y la maldad, nadie se explicaba qué estaba sucediendo. Todos querían saber qué les estaba ocurriendo, pero por más que se preguntaban, nadie sabía la respuesta. Aunque gritaban, lloraban, y clamaban clemencia, nada podían hacer para detener la furia de la crueldad que estaban viviendo. En esos momentos, algunos pedían respuestas a Dios; le estaban pidiendo una explicación a lo que les estaba pasando, a lo que ya estaban presintiendo que los iba a destruir. Con sus ojos y el dolor de sus cuerpos y almas eran testigos de que algo siniestro estaba por cambiar sus vidas, las vidas de todo lo que allí vivía. Pero Dios no parecía escuchar sus súplicas; ya algunos estaban pensando que se había olvidado de ellos.

También me contaron que los perros y los gatos se escondían debajo de las camas, en los rincones más oscuros que encontraban. Aullaban, como si les doliera algo o como si los estuvieran colgando o pegando. Todos los animales estaban inquietos; las gallinas cacareaban asustadas; las vacas y caballos se veían como enfermos; los gallos no cantaban; y no se veía volar aves silvestres. Todo era difícil de creer, pero lo más difícil era soportar la pesadilla que estaban viviendo. Se veía en sus rostros el dolor y el pavor de lo que estaban sufriendo, y sin tener cómo ayudarse unos a otros, el dolor los torturaba a cada segundo que pasaba.

Me contaron que algo trágico empezó a suceder. Ya había pérdidas humanas que lamentar. Algunos ancianos, que habían estado un poco enfermos, empeoraron con los fríos vientos y murieron. Decenas de animales se ahogaron en las tormentas que estaban cayendo. Hubo mortandad de gallinas, vacas, burros y demás animales salvajes que habitaban en las cercanías. Debido a esto, llegó una fuerte epidemia de gripes y tos, como si tuvieran tuberculosis, y fiebres altas con escalofríos que los tenían al borde de la muerte, condenados a sufrir. Fue entonces cuando empezaron a enfrentar lo ocurrido. A pesar de la desgracia, los que podían hacer algo sacaron fuerzas para cavar fosas y enterrar a casi todos los animales que habían muerto y a los que seguían muriendo.

Era muy cruel e insoportable el dolor, el martirio de esas personas. Por eso, algunas creyentes de Dios empezaban a suplicar que, por favor, todo terminara, que se acabara esa masacre para vivir como antes. Pero estaban lejos de esa respuesta, porque el principito apenas comenzaba a disfrutar de su felicidad, de su maldad, del placer de la destrucción, del inmenso placer que le daba hacerlos sufrir. Con su perversa jugarreta, se enorgullecía de haber llegado hasta esa población que, días atrás, parecía la tierra bendita de Dios.

Me contaron que la gente estaba extremadamente asustada. En esos días, el temor, el miedo, la angustia, el pánico y el terror eran tales que muchos, al tener la oportunidad de huir, escaparon de la población. Pero algunos murieron al intentarlo, pues creían que era una mala jugada del mismísimo demonio que quería destruir a las personas y a todo lo que allí quedaba con vida. Por eso, enviaba esas desastrosas lluvias, las aborrecibles ráfagas de truenos, junto con esos endemoniados vientos que querían destruir todo lo que encontraban a su paso.

Hubo quienes me contaron que, después de siete días de tanta angustia y desesperación, todo parecía haber vuelto a la calma. Pero esa calma solo duró unas cuantas horas más, solo por un día. Un día en el que no hacía aire, no se oían ruidos, no se escuchaban truenos ni relámpagos, pero permanecía nublado. Los perros salían de su escondite, algunas gallinas cacareaban, los gallos cantaban, los pocos caballos, burros, vacas y otros animales corrían por los potreros. Las aves salvajes se dejaban ver volando. Todo parecía que volvería a ser como antes: tranquilo y normal, como si nada hubiera pasado. Todos estaban confiados, solo contando sus relatos como si fueran historias de siglos pasados, como en los tiempos de la Inquisición, o como en las lecturas de las iglesias, donde se narra cómo Dios hundía a Sodoma y Gomorra, o en los tiempos del Diluvio, cuando solo se salvaron los que se subieron al arca de Noé.

Me contaron que después de ese pequeño descanso que les dio el principito, ya todos estaban serenos, tranquilos, asimilando lo pasado. Todos creían que fue solo un sueño, una mala pesadilla de una noche, que nada fue realidad. Pero, para su desgracia, no fue así. Hubo un momento en que escucharon un eco de una risa burlona. No tenían certeza de dónde provenía, pero solo penetraba en sus cerebros, porque nuevamente, el principito se había burlado de ellos. Solo los había engañado, había jugado con su fe.

Me contaron que trataron de creer que todo había pasado, que todos soñaron lo mismo. Y cuando despertaron, se dijeron: "Menos mal que solo fue una pesadilla, que ya terminó." Pero estaban lejos de la realidad, pues aún era poco lo que el principito les tenía preparado. Era solo el principio de su jugarreta, de su diversión, del placer de su destrucción. Apenas empezaba a querer sonreír con su juego; otras ocurrencias aún estaba preparando. Apenas empezaba a mover las fichas de su ajedrez, apenas comenzaba sus prácticas y sus planes de cómo quería torturarlos.

Me contaron que eso creyeron; ¡qué incrédulos estaban de la realidad! Porque al empezar a oscurecer, como a las ocho de la noche, los perros y gatos empezaron a hacer el mismo quejido, como si estuvieran enfermos o les estuvieran pegando. Volvieron a esconderse en los lugares más oscuros que pudieron encontrar. Otros animales hicieron lo mismo; dejaron de hacer ruido, dejaron de correr, ya no se veían volar las aves salvajes. Todos estaban asustados y sorprendidos, y se hacían la misma pregunta. Algunos imploraban por una respuesta a Dios, pero Dios parecía no estar presente. Solo el demonio, solo Satanás, estaba entre ellos para verlos sufrir, arrastrarse del dolor, mirar en sus rostros la cruel desesperación por no poder soportar su malvado juego, el que apenas había comenzado. Quería humillarlos lo más posible y luego masacrarlos. De repente, se escuchó un atroz trueno que nadie supo de dónde vino. Parecía que la tierra se abrió. Algunas personas sintieron que se les reventaron los oídos, y algunos murieron con el tiempo, mientras otros quedaron sordos. Fue tan tremendo el impacto que algunas casas se derrumbaron, cayendo sobre personas y animales escondidos, hiriendo y matando a algunos de ellos.

Me contaron que, junto a esa masacre, regresaron los desastrosos vientos, junto con las endemoniadas ráfagas de los aborrecibles rayos. Con sus terroríficos sonidos, algunas personas se desvanecieron, sin poder mantenerse en pie. Los granizales no fueron la excepción; volvieron a hacerse presentes con su furia. Unos trataban de ayudarse unos a otros. Los más fuertes intentaban sacar a los heridos de los escombros para ponerlos en lugares más seguros. Otros curaban a los heridos, mientras algunos gritaban y lloraban. Se arrodillaban, y otros, donde estaban recostados, comenzaron a rezar, agarrando crucifijos y rosarios, pidiéndole a Dios, preguntándole qué era lo que estaba pasando.

Me contaron que muchos, entre los escombros y las ráfagas de viento y lluvia, como pudieron se salieron, que desesperados se fueron a refugiarse hacia la iglesia, la única que parecía no sufrir la maldad que allí se estaba viviendo. Todos juntos, aunque algunos muy malheridos, apenas sí podían hablar, donde estaban acostados, sentados o hincados, temerosos por su salud y por su vida, imploraban a Dios por su bendición, clemencia y misericordia, sin respuesta alguna.

Me contaron que entre la muerte y el terror que ya estaban viviendo, empezó a moverse la tierra, causando otra nueva destrucción. La gente seguía desvaneciéndose mientras otros ayudaban a los más heridos, que luchaban por no rendirse, para que sus almas no se les escaparan. Se negaban a morir, y con el movimiento de la tierra, muchos animales salieron de sus escondites, chillando asustados, a buscar otro lugar para esconderse. También sentían el temor a la muerte, el miedo a la crueldad que se estaba sintiendo. Se desprendieron piedras de las montañas, y era tanta la desesperación que la gente tenía que no podían hacer nada contra aquella endemoniada maldición. Para empeorar las cosas, vino una ráfaga de rayos por un largo rato; cayó una torrencial lluvia acompañada de fuertes vientos y de granizo del tamaño de una canica. Masacraban a los ya heridos sobrevivientes. Los vientos fueron tan violentos que destrozaron lo que sobraba de algunas casas, dañaron algunos techos y, con la violencia de su furia, destruían árboles y cuanto encontraban a su paso.

Me dijeron que, debido a esa furia desastrosa y a la debilidad de algunas personas enfermas por la epidemia desatada debido a la mortandad de animales, otras personas más perdieron sus vidas, junto con otros indefensos animalitos que lucharon por no morir, por no perder la batalla, por no ser víctimas de la despiadada crueldad del principito del mal. Al parecer, estaba muy contento de hacerlo, de verles dibujada en sus caras la angustia y la desesperación por el castigo que les estaba dando, un castigo perverso que no merecían estar viviendo, mucho menos pagar con sus vidas el precio que él les estaba imponiendo.

Pero por la maldición y su desgracia, fue haber nacido en ese mismo lugar y algunos, con su sufrimiento y sus vidas, ese perverso castigo tuvieron que pagar. Los que sobrevivieron para nada les fue bien; hoy en día siguen pagando esa crueldad que vivieron, por el simple hecho de haber estado o haber vivido en el lugar equivocado.

Me contaron que, debido a la mortandad de animales, tuvieron que hacer otros cementerios para enterrar a las decenas de animalitos que, por desgracia, seguían perdiendo la vida debido a la despiadada destrucción. Para ayudar un poco a su salvación y evitar que se expandiera indiscriminadamente la pandemia, unos días antes del comienzo de la tragedia, estuvieron trabajando en unas construcciones en ese lugar, que fue como la única bendición. Tenían maquinaria que usaron para hacer los fosos para los cementerios, donde iban a sepultar a los animalitos que perdieron la vida debido a la despiadada maldición. Gracias a las personas que sacaban fuerza de voluntad, aun malheridas, ayudaban a arrastrar o llevar a los animalitos muertos hasta donde los iban a sepultar. Debido a esto, la epidemia ya no se empeoró.

Me contaron que, justo en ese momento, una madre estaba dando a luz a un hermoso bebé. Todos creyeron que, entre tanta devastación, era una bendición que estaban recibiendo. Una nueva vida llegaba, vino a ocupar la de otros que se estaban yendo de esta vida, dejando esta tierra para ser parte de ella. No pudieron resistir las tempestades ni la agresión salvaje de aquel niño hermoso que recién estaba llegando a ellos, sin ellos darse cuenta de que era el causante de la desgracia que estaban recibiendo. Desde antes de su nacimiento, su furia les descargó sin ninguna misericordia o forma de que se pudieran defender o prevenir lo sucedido.

Me dijeron que muchos pensaron que, después de todo, algo bueno estaba ocurriendo, que ya había algo más que contar. Pero, en su inocencia, no se dieron cuenta de que el nacimiento de ese niño era la pesadilla que estaban viviendo. Ese niño era el responsable de su maldición, de la masacre que estaban viviendo. Algunas personas, debido a su despiadada destrucción, tuvieron que fallecer. Centenares de animalitos ya habían dejado de respirar el aire de esa hermosa naturaleza en la que se encontraban. Ya tenían muertos a quienes llorar y a quien sepultar, decenas de heridos a quien curar y cuidar. Centenares de animalitos que habían muerto ya habían sido sepultados, otros arrastrados por las corrientes de agua que se hacían en las callecillas de esa población. Otros estaban sufriendo y muriendo.

Me contaron que el niño era tan hermoso que todos los que lo podían ver estaban contentos, porque parecía estar fuerte y con buena salud. Cuando lo vieron, se dijeron que estaba muy guapo, parecía un principito. Era como un milagro que hubiera nacido sin ninguna complicación y que estuviera saludable. Más que nada, era la única casa que no había sufrido con la desastrosa maldición. Estaba entera, y parecía que no era verdad lo que en esa población estaba pasando, que su madre y él estaban bien de salud.

Me contaron que, a su llegada a esta vida, su nacimiento fue normal. La madre, su madre, no tuvo ninguna complicación. Ellos no estaban padeciendo la maldición que todos los demás estaban viviendo. Pero así fue: nació un hermoso niño, un principito, un principito del mal, al que todos irían a recordar por sus vidas y dejar huellas para otros que vivieran o visitaran ese lugar.

Me contaron que no lloró al nacer, que solo hizo unos quejidos y estornudos, algo que todo niño hace normalmente. Pero la persona que lo ayudó a nacer lo sintió muy caliente, aunque pensó que también era normal. Por eso nadie se sorprendió, nadie presintió, nadie sospechó que aquel niño que a esta vida llegó no era humano, sino el mismísimo Satanás, convertido en un hermoso bebé que vino desde el mismísimo infierno a destruir su fe y su felicidad. Todos decían que era un angelito. "Sí, sí era un angelito, pero del demonio."

Me contaron que, después de unas seis horas de nacido el principito, vieron que este bostezaba. Unas personas que recién habían llegado a visitarlo le vieron la lengua redonda y, en la punta, dos picos, como de serpiente, algo que ni su madre ni la mujer que lo recibió al nacer le notaron. Pero unas personas que acababan de llegar a mirarlo le notaron la lengua. Se sorprendieron y se burlaron de él. El principito dejó escapar un extraño berrinche, como si hubiera entendido que se estaban burlando de él. La madre les dijo sin malicia alguna que no se burlaran porque Dios los iba a castigar. Cuando la madre nombró a Dios, el principito abrió los ojos e hizo otro berrinche muy extraño. Los ojos se le brotaron, y fue entonces cuando vieron que los tenía del color de la lumbre, casi como sangre cuajada con ceniza.

Me contaron que nadie se dio cuenta si así nació o si se le hicieron después. Las personas, en su inocencia, siguieron burlándose de él, y el principito continuó haciendo extraños berrinches. De repente, las personas que se burlaron sintieron un mareo. No le tomaron importancia, pero empezaron a sentir calor y, al mismo tiempo, escalofríos. Empezaron a sudar un aroma insoportable, por lo que se tuvieron que ir de ese lugar. Al amanecer, vieron que su piel estaba oscureciéndose, como color carbón con ceniza.

Me dijeron que se pusieron tan pálidos y sin fuerza que no entendían lo que estaba pasando. Los escalofríos y las fiebres eran crueles y dolorosas. Deliraban y gritaban de dolor. Era un martirio cruel lo que estaban sintiendo. Desesperados, pedían ayuda a las personas y clemencia a Dios. Algunas personas querían ayudarlos, pero no sabían cómo ni tenían medicinas para darles. No sabían qué hacer por ellos. Todos veían su angustia, cómo se sentían, cómo lloraban del dolor. Algunos trataban de consolarlos diciéndoles que todo iba a pasar, que tuvieran fe, que Dios estaba con ellos, que solos no iban a estar, que pronto recobrarían su salud y su paz.

Me dijeron que, al caer la otra noche, no dejaba de llover, de relampaguear. Los turbulentos y aterradores truenos no dejaban de sentirse. La destrucción continuaba. Más personas y animales seguían contagiándose y muriendo con la epidemia y la destrucción, sin parecer cuándo terminar. Los ríos, con las tormentas que caían, estaban demasiado hondos, habían pasado su capacidad límite.

Me contaron que en las corrientes de los ríos arrastraban animales: caballos, burros, vacas y más animales, unos muertos y otros vivos. Algunos pobres animalitos, entre las salvajes corrientes, temerosos, luchaban por sus vidas, y parecían pedir ayuda, que los fueran a rescatar. Pero, desafortunadamente, las personas estaban igual, temerosas por sus vidas, pidiéndole a Dios clemencia y mirando a los animalitos ahogarse, verlos sufrir y sin poder ayudarlos.

Las personas que estaban viviendo o las que tuvieron la oportunidad de saberlo, decían que era algo sumamente difícil de creer, era inimaginable lo que estaba sucediendo. Por eso se decían que no entendían lo que les estaba pasando. Lo increíble era que, aunque en la población, los dos ríos que ahí se juntaban estaban desbordados por las corrientes del agua, al salir de la población, a unos escasos kilómetros de distancia, estos parecían secarse. El agua se humedecía, como si las corrientes que arrastraban cuanto encontraban en su recorrido hubieran sido solo burbujas de jabón o como algodones de azúcar que venden en las ferias, que fácil se desbaratan con el aire o con el sol. La crueldad de su macabro desastre no alcanzó a otras poblaciones que estaban a unas tres decenas de kilómetros.

Me contaron que la gente ya no tenía ninguna duda de que Satanás estaba entre ellos, que él era el único culpable de su maldición, de la desgracia que les estaba pasando, y que ese castigo que estaban recibiendo, para él, solo ellos lo merecían. Notaron que los ríos, con la inmensa furia que traían, al llegar a otros poblados más abajo, que no estaban demasiado retirados de ese lugar, su agua, al paso de las otras comunidades, se comportaba de manera normal, como en otras ocasiones en las que llovía en abundancia. Parecía la obra de Dios o que la maldición del hermoso principito era solo para esa población y solo ellos tenían que pagar el precio que aquel hermoso principito, que recién había llegado a ellos, quisiera que pagaran.

Me contaron que, aun en estos tiempos, existen represas a lo largo del río de esa población a las otras cercanas, decenas de ellas, con huesos de centenares de animalitos que fueron arrastrados y masacrados con la furia de sus corrientes. Lo cual, en mi visita, pude comprobar que no era una mentira. Había sido una verdadera masacre, una cruel pesadilla que esos animalitos no pudieron resistir. Con su noble vida, ellos también tuvieron que pagar el precio a la felicidad que el principito estaba viviendo al mirarlos sufrir las crueldades que les estaba regalando: la tortura, el castigo, el dolor que les daba solo por sentir el placer de verlos desvanecidos, verlos cuando sus últimos suspiros se les escapaban, cuando sus almas se les escapaban de sus cuerpos. Pues tal vez esa era su misión al llegar a esta tierra: gozar al ver sufrir a la gente y a los miles de seres vivos y, después de su diversión, arrebatarles la vida.

Me contaron que la gente decía que era cosa del demonio, que el demonio estaba ahí, suelto entre ellos. Algunas personas parecían querer perder la fe en Dios. Empezaban a pensar que Dios los había abandonado, que por eso Satanás había desatado esa maldad contra ellos. Algunas personas del principito empezaron a sospechar. Se preguntaban por qué en su casa no pasaba nada. Reconocieron que las personas que se enfermaron cuando fueron a mirarlo al nacer aún estaban padeciendo lo mismo que sintieron al momento de burlarse del bello niño, aquel hermoso principito, principito del mal. Por eso, varias personas empezaron a murmurar, diciendo que él podía ser el causante de todo el mal, de la desgracia que estaban padeciendo. Pero era difícil de asegurar y, así, con esa angustia, con preguntas sin respuestas, aterrados en su sufrimiento, tuvieron que continuar con sus vidas.

Me contaron que los que cuidaban de la madre y del principito decían que, dentro de esa casa, no pasaba nada. Dentro de ella, no se sentían esos temerosos truenos de rayos ni los salvajes y despiadados vientos. Miraban al principito haciendo unos berrinches, enojado, y al parecer era cuando, solo saliendo de su casa, era cuando las despiadadas lluvias y los atroces sonidos de los rayos se hacían más presentes. La furia de los vientos, en ellos, se parecía escuchar una risa perturbadora que les carcomía los oídos, burlándose de ellos. Ecos diabólicos del mismo demonio se escuchaban, y la gente, los heridos, los enfermos con la epidemia, entre rezos y plegarias, lloraban y clamaban pidiéndole perdón a Dios. Si en algo grave lo ofendieron, que por favor los perdonara, que tuviera clemencia y misericordia con ellos por sus ofensas, por los errores que cometieron, por el daño que le hicieron o le causaron. Aterrados en su sufrimiento y dolor, gritaban que no merecían lo que estaban sufriendo, que era demasiado cruel lo que estaban viviendo. Llorando, le gritaban a Dios: "Que si no eras tú quien nos estaba castigando, que por favor nos ayudara." Que si era el diablo quien quería terminar con sus vidas, que por misericordia o por compasión lo detuviera.

Me contaron que no solo las personas se encontraban aterrorizadas; los pocos animalitos que estaban resistiendo las embestidas de su sufrimiento, los que podían, seguían en sus escondites. A otros se les veía atemorizados, sin saber a dónde ir o dónde esconderse, pues la furia del principito también con ellos. Era su placer verlos arrastrarse sufriendo, para después de satisfacer su deseo, cobardemente quitarles la vida, sin ninguna compasión. Al igual que con la gente, lo estaba disfrutando. Era un honor para él verlos sufrir, pedir clemencia por sus vidas y para después masacrarlos.

Me contaron que, con el paso de los días, todos creyeron que sí, ese niño hermoso que acababa de llegar entre ellos, era el mismísimo demonio en el cuerpo de aquel bebé. A algunos les parecía inofensivo, pero con algunos sucesos que parecían estar comprobados, los hizo creer que ese principito era el verdadero culpable de su tragedia. Les pareció muy increíble y muy extraño que solo esa casa no sufriera ningún daño, y cuando el principito lloraba o hacía sus berrinches, era el comienzo de algo siniestro. Algo terrorífico estaba por suceder; otra nueva travesurilla se le había ocurrido a aquel precioso niño. También creyeron que la iglesia, a pesar de tanta devastación en otras construcciones, permanecía intacta, sin ser destruida. Por eso ya creían que el demonio estaba entre ellos, solo para descargar en ellos la furia de su perversa maldad, sin ninguna forma de detenerlo. Todos creían que solo un milagro, que Dios los escuchara, podría enfrentarlo y detenerlo para que ya no los masacrara, para que ya no les destruyera sus vidas y su fe.

Me contaron que, al caer la noche, la gente aterrada seguía preguntándose qué hicieron para merecer tan cruel castigo. Una y mil veces se preguntaban cómo salir de aquella masacre, de aquella pesadilla que los estaba acabando, cómo poder ayudarse unos a otros, cómo regresar a su vida normal, sin dolor ni llanto. A los animalitos que también pedían protección, cómo poder protegerlos si las personas eran incapaces de ayudarse a sí mismas por lo que estaban sintiendo. Nadie podía ayudarlos. ¿Cómo poder curarse las heridas que les estaban sangrando? ¿Cómo curar la epidemia que estaban padeciendo? No contaban con medicinas para la epidemia ni para curar a los heridos. Por eso, ¿cómo poder ayudar a los demás que estaban clamando por ayuda? Todo lo que allí tenía vida estaba sufriendo la maldición del príncipe.

Me contaron que no cesaban los rezos, las plegarias, que entre los lloridos de la gente continuaban. Sin tener piedad, los aborrecedores truenos y fuertes vientos, las lluvias y granizos seguían presentes. El pánico y el terror en la gente seguían con ellos; no había compasión alguna en la despiadada maldición del principito del mal. La maldad continuaba, pero la gente tenía fe en que Dios los iba a rescatar. Entre su cruel sufrimiento, se aferraban a no ser derrotados. Sin embargo, para algunos, fue difícil soportar. Muy en el fondo, sus almas abrasadas por el dolor no querían rendirse. Sentían esa fe que les iba a devolver la felicidad, que toda esa maldad la iban a olvidar. Por eso seguían pidiendo clemencia o compasión a Dios, para que los viniera a rescatar de las garras de Satanás, que no los quería dejar de torturar. Pues la fiesta, la diversión para el perverso niño de maldad, el principito del mal, aún no quería terminarla. Tal vez le era muy divertido verlos heridos, llorando y sufriendo. No deseaba dejarlos de torturar; su deseo era burlarse de ellos y después arrebatarles sus vidas, sin tenerles compasión.

Me contaron que los curiosos oyeron que la señora hablaba sola. Escucharon que decía que estaba pesado y bien caliente, que para un niño eso no era normal. Ya con el principito en sus brazos, se encerró en un cuarto para que nadie los viera. Lo acostó en una vieja cama, pero algunos curiosos, por cualquier agujero o rendija, pudieron mirar.

Me contaron que al pasar la noche, la gente en la iglesia y otros en sus casas seguían aterradas. En aquel destruido lugar, casi cuando el amanecer empezó, vieron que a la salida de la población pudieron ver una luz, como en forma de arcoíris, que venía acercándose más y más a ellos, hasta llegar a la iglesia, justo donde muchos de los enfermos y heridos se encontraban. A los pocos minutos, algunas personas vieron que, entre las lluvias y los escombros que había en las maltratadas callecillas, dejados por los fuertes vientos y las torrenciales corrientes de aguaceros, se acercaba una mujer desconocida, alta y delgada, un poco despeinada, cayéndose y levantándose entre los charcos, escombros y el lodazal.

Uno de los sobrevivientes a la despiadada tragedia me contó que, justo cuando vieron a la mujer, la luz del arcoíris desapareció. Algunas personas dijeron que, aunque la mujer se caía y se levantaba, su ropa no se ensuciaba. Cuando se acercó a ellos, empezó a salir el sol. Los estruendosos rayos y los salvajes vientos, por un momento, dejaron de sentirse. Vieron salir el sol, pero la gente seguía sorprendida. No paraban de llorar y rezar; entre ellos se bendecían con los crucifijos, simulando ahuyentar a Satanás. Por eso, a la mujer nadie le ofreció ayuda. No supieron quién era, porque nadie fue a preguntarle, ni ella les preguntó qué estaba pasando o si podía ayudarlos. Aunque ellos creyeron que la mujer venía por ayuda, sin imaginar que era la ayuda que ellos, en sus delirantes ruegos, estaban implorando.

Me contaron que la mujer parecía una anciana. Creían que era Dios o un ángel celestial que les había enviado, porque no habló con nadie ni miró a nadie. Y como si ya supiera dónde estaba el principito, se acercó a la puerta. Como si en ella viviera, la abrió y entró a la casa. Pero cuando la puerta se abrió, algunos me contaron que un aroma pestilente, como a cuero y aceite con basura quemada, se dejó sentir al salir de la casa donde el principito se encontraba. Para las personas que allí se encontraban, era difícil de soportar. Por eso, algunos decidieron mejor alejarse de ese lugar.

Su fe era infinita, porque después de esta visita de la mujer, creyeron en otra bendición que tuvieron. A pesar de las desastrosas tormentas y los destructores vientos junto a los aterradores truenos, después de ese día, nunca más, ninguna mujer embarazada ni animal hembra que estaba embarazada volvieron a morir, perder a sus criaturas o cachorros, ni tuvieron algún problema en su nacimiento, debido a la epidemia que los estaba queriendo acabar.

Me contaron que algunos curiosos, por las rendijas de la casa, pudieron ver que la señora hablaba con la madre, como pidiéndole permiso para bendecir a su hijo, como si la madre también hubiera presentido que su hijo tuviera algo que ver con la tragedia que estaba ocurriendo afuera de su casa. La madre aceptó lo que la misteriosa mujer le pedía.

Los que miraron contaron que la mujer le ponía un rosario en el cuello al bebé. Pero cuando el principito lo sintió en el pecho, se retorció como una serpiente pequeña y escucharon que lloraba como ratas o un jabalí atrapado. Por eso, la señora se asustó y el rosario se le cayó al suelo. Temblando, como si tuviera miedo y mirando al principito, se agachó y al recogerlo, pareció como si le hubiera quemado las manos, como si hubiera agarrado una brasa encendida. Se lo quiso aventar al pecho del principito, pero este no cayó sobre él; volvió a caer al suelo. La mujer pareció estar aterrada y lo levantó, pero de nuevo se le cayó.

Me contaron que la señora temblaba de lo asustada que se veía, como si pensara que él fuera a atacarla. Parecía tenerle pavor. Otra vez se agachó y levantó el rosario del suelo. Estaba tan sorprendida que ya no quiso ponérselo. Por eso, las personas creían que era Dios, o un ángel celestial enviado por Dios, o que al parecer la señora también era creyente de Dios y del diablo. Por eso vino a ayudarlos, para tratar de calmar las fuerzas de la maldad de Satanás. Pero al parecer, estaba muy bien encarnado en aquel cuerpecito del hermoso bebé y creía que de allí nunca nadie lo sacaría. Le fue difícil de controlar.

Me contaron que vieron a la mujer quedarse, por un momento, paralizada, apretándose la cabeza con sus manos y mirando al principito. Como si se le viniera un pensamiento, la idea de bañarlo. Entonces, le pidió permiso a la mamá para hacerlo, y esta le dijo que sí. Así fue que lo tapó con una toalla, lo agarró con sus manos, abrazó al principito, y se lo llevó. Sola con él en otro cuarto se quedó.

Me contaron que los curiosos oyeron que la señora hablaba sola. Escucharon que decía que estaba pesado y bien caliente, que para un niño eso no era normal. Ya con el principito en sus brazos, se encerró en un cuarto para que nadie los viera. Lo acostó en una vieja cama, pero algunos curiosos, por cualquier agujero o rendija, pudieron mirar.

Me contaron que creen que lo roció con agua bendita, porque vieron que de entre su ropa sacó una botella y la destapó. El agua de la botella la echó a su cuerpo, pero cuando el agua le cayó al principito, vieron que se retorcía como una serpiente. Sacaba su lengua, se le brotaron los ojos, y escucharon un chillido como de ratas o de un jabalí atrapado que hizo el principito al momento en que el agua le caía. De nuevo, un extraño aroma pestilente salió de la casa, tan asqueroso que algunos querían vomitar; otros prefirieron irse de ese lugar. La señora que lo ayudaba, al parecer, ni ella soportaba la fuerte pestilencia que el principito dejaba escapar de su cuerpo o de su aliento al respirar, y por eso decidió mejor retirarse.

Me contaron que la señora, sorprendida, miraba al principito. Lo cubrió con una toalla, luego lo agarró en sus brazos. Muy asustada, salió de prisa del cuarto; el principito se le seguía retorciendo en los brazos, como si quisiera escapar. Pareció que lo sujetaba con fuerza para que no se le cayera. Dejó al principito junto a la mamá y solo le dijo que luego regresaría. La madre del principito se quedó tan sorprendida que ni pudo preguntarle a la señora qué era lo que a su hijo le estaba sucediendo. La mujer salió a toda prisa de la casa, casi corriendo, y oyeron que murmuraba: "Necesito ayuda, necesito ayuda, porque el demonio está aquí." Vieron que aquella misteriosa mujer, por las mismas callecillas destruidas por las que había llegado, se retiraba. Caminaba y, al llegar al bosque, se perdía. Pero notaron que ya no estaba sucia, ni entre los escombros ni en el agua estancada se resbalaba ni se caía. Por eso, los que se quedaron creyeron que sí, era una persona enviada por Dios.

Me contaron que cuando ya no pudieron ver a la señora, cuando caminó río abajo por sus orillas, al perderla de vista, la crueldad de las ráfagas de viento, los aterradores rayos, junto con los granizos, sin piedad, retornaron al lugar y sin parar destruían cada vez más. En sus mentes parecían escuchar risas diabólicas que no sabían de dónde provenían, como si el principito hubiera creído ganar la batalla. También de esa misteriosa mujer se burlaba, que también la había derrotado. Por eso, ese principito, con una carcajada diabólica, quiso seguir torturándolos; su juego, para él, apenas estaba en el pleno ambiente, lejos de terminar.

Cuentan que aún seguían las plegarias de enfermos y heridos; continuaban por todo ese día y toda la noche. Porque la fe y la esperanza de que Dios los escuchara, Dios fue quien, convertido en aquella mensajera, los había visitado. Su creencia en su fe era inquebrantable. Aunque parecían derrotados, era difícil terminar con su fe; esta no se les acababa. Decían que Satanás, por más que los hiciera sufrir o los torturara, no les quitaría su fe en Dios, que Dios era más poderoso y que Él iba a triunfar entre el bien y la maldad, que el demonio no se iba a burlar de Dios ni de su fe.

Todos los que allí estuvieron presentes creen que la señora sí era Dios, o como ya también ellos decían, un ángel que Él les envió, convertido en aquella extraña y delgada mujer, o una mensajera que Él les envió para que supieran que no los estaba abandonando. Fue por eso que se fue, tal vez a pedir ayuda a otro lugar cercano o a su mismo Padre celestial. Porque al amanecer, entre la destrucción de las crueles lluvias, despiadados vientos, con la luz de los aterradores rayos, por las mismas callecillas y por el borde del río por donde apareció la misteriosa mujer, vieron a un sacerdote que venía montado en un caballo. Lentamente se acercaba y, sin decirle a nadie nada, desmontó de su caballo, frente a la puerta de la casa del principito. Al igual que la señora, como si ya supiera a qué vino, abrió la puerta de la casa del principito y como si allí viviera, a ella entraba. De nuevo, cuando la puerta se abrió, un fatídico olor insoportable salió de la casa del principito.

Me contaron que cuando el sacerdote abrió la puerta, como si ya supiera lo que pasaba, se fue directo al cuarto del principito y de la madre. Que cuando el sacerdote abrió la puerta se sintió extraño, presintió que el que había nacido no era un niño normal, sino el demonio convertido en principito, en un hermoso niño que los que lo miraban, lo admiraban. Fue por eso que decidió pedirle permiso a la madre para hacerle la cruz y bendecirlo. La madre de aquel hermoso bebé, creyente de Dios, le dijo que lo hiciera.

Contaron que el sacerdote lo bendijo y le hizo la cruz con un crucifijo que llevaba en su mano. Al hacerlo, vio cómo se le brotaron los ojos y sacó la lengua como una serpiente. Algunos curiosos observaron algo extraño en el sacerdote porque lo veían tenso y asustado; parecía empezar a sudar. Sin preguntarle a la madre, tomó con sus manos al principito, se metió en el mismo cuarto donde la misteriosa mujer se había encerrado, cerró la puerta y de inmediato empezó a rociarle agua bendita al principito sobre todo su cuerpo. Empezó a rezar en forma extraña, como en otro idioma que solo él sabía.

Cuentan algunas personas que escuchaban cómo el principito lloraba, que no paraba de chillar como ratas peleando o como un jabalí atrapado. Se retorcía peor que una serpiente quemándose cuando el agua bendita le caía en el cuerpo. El sacerdote trataba de detenerlo porque parecía que se le caía de la vieja cama, como si peleara con él. También afuera aumentaron más fuertes las ráfagas de los aterradores truenos; la lluvia aumentó su fuerza, y los fuertes vientos destruían a la ya casi devastada comunidad. Esa población, donde la gente semanas anteriores fue tranquila y feliz, ese día estaban viviendo la peor pesadilla, el dolor más difícil de soportar, la peor masacre de sus vidas, la peor epidemia, la peor maldición.

Me contaron que debido a los desastrosos vientos y a los aborrecedores truenos algunas personas se desvanecieron, y hasta hubo más muertes que lamentar. No resistieron el impacto de la despiadada maldición. La destrucción era más salvaje que la anterior. Las callecillas parecían ríos por la inundación causada por las lluvias que estaban azotando y destruyendo aún más la comunidad.

Cuentan que los más fuertes difícilmente podían sacar a los que se desvanecieron y rescatar a los muertos de las corrientes del agua y de los escombros de casas derrumbadas. Era difícil sacar a los heridos de donde estaban y llevarlos a otros lugares seguros para que alguien los cuidara, aunque era casi imposible encontrarlos porque los hogares estaban casi todos destruidos.

Me contaron que vieron al sacerdote, como si se sintiera impotente contra el principito. El sacerdote estaba sudando, parecía cansado porque no podía controlarlo. Sus rezos en diferentes formas de hablar solo ponían más rebelde al principito, que casi se levantaba cuando chillaba, como si quisiera pelear o a mordidas y rasguños defenderse. Parecía querer quitarse al sacerdote de encima para que ya no lo siguiera molestando o bendiciendo.

Me contaron que vieron al sacerdote enojado, con coraje. Bruscamente, con desesperación, agarró al principito, lo medio envolvió en una toalla y se lo llevó al cuarto de la madre. Junto a ella lo dejó y, asustado o desesperado, le dijo: "No puedo entender lo que está pasando. Me voy, pero voy a regresar." Nuevamente, la madre se quedó sorprendida, sin ni siquiera murmurar algo o preguntar.

Algunas personas me dijeron que al salir el sacerdote de la casa del principito, escucharon que murmuraba y de pronto oyeron que solo dijo: "El demonio está aquí, necesito ayuda." Recordó que en el pueblo cercano estaban oficiando misas patronales a algunos santos de la comunidad. Dos obispos y un cardenal. Entre llantos, plegarias de la gente desvanecida, rayos, lluvia y los destructores vientos, el sacerdote se montó a su caballo. Todos lo vieron que, entre la cruel destrucción, por las mismas callecillas y por el mismo borde del río por donde llegó, por donde la misteriosa mujer que creyeron era Dios o un ángel que les envió, el sacerdote, por las mismas callecillas, por el borde del río, poco a poco se alejó de ellos sin decirles nada. Otra vez fue lo mismo, al perder de vista al sacerdote, una nueva risa burlona con los escandalosos truenos y los feroces vientos se dejó escuchar, como si nuevamente aquel precioso bebé, con gritos de felicidad, celebrara su triunfo al derrotar a un nuevo rival.

Me contaron que al otro día, casi al amanecer, sintieron un alivio, como si se estuvieran curando de la epidemia y de sus heridas, porque los aborrecedores rayos, junto con los destructores vientos, lentamente empezaron a parar. No eran feroces y destructores como hacía solo unas cuantas horas. Para los desesperados habitantes de esa localidad, era otro milagro, que por lo menos por unos cuantos minutos, Satanás los dejara de masacrar y de burlarse de ellos. Fue por eso que ya estaban seguros de que Dios estaba con ellos allí, porque justo en esos momentos, entre las lluvias disminuidas y los desastrosos vientos, algunas personas vieron que por el borde del río, por las mismas calles por donde antes llegaron la señora Dios y el Sacerdote, pudieron ver que se acercaban montados en caballos el Sacerdote, dos Obispos y un Cardenal.

Me contaron que el Sacerdote, los dos Obispos y el Cardenal, cuando llegaron, se bajaron de sus caballos junto a la puerta de la casa del principito. No dijeron nada, ni saludaron a nadie. Se acercaron a la casa del principito como si allí vivieran, abrieron la puerta y se metieron directamente al cuarto del principito y su madre. Nuevamente, un viento apestoso e insoportable se dejó sentir, salía de la casa del principito. Una vez adentro, cerraron la puerta para que nadie oyera o mirara. Entonces, algunas personas se acercaron a la puerta, mientras otros, curiosos, miraban por las rendijas de las paredes de la casa para ver y escuchar lo que pasaba.

Me contaron que por las rendijas de la puerta y la pared vieron que el Sacerdote, los dos Obispos y el Cardenal le pidieron permiso a la madre para hacer lo que ellos debían hacer, a lo que la madre respondió que lo hicieran. Los que estuvieron mirando creyeron que la madre ya empezaba a creer que, en realidad, su hijo era culpable de esa maldición, que había dado a luz a un pequeño demonio y no a un bebé normal, como el que ella esperaba que naciera. Por eso no se negaba a que lo bendijeran o lo bañaran con agua bendita.

Me contaron algunos de los que vieron, que el Cardenal agarró al principito para llevarlo al mismo cuarto donde el Sacerdote lo tuvo cuando intentó sacarle el demonio de su alma. Lo recostó en la misma vieja cama y, al sentir las manos en su cuerpo, el principito se retorció, casi se cayó al suelo y empezó a chillar. Oyeron que el Sacerdote, los dos Obispos y el Cardenal, rápidamente y como asustados, empezaron a bendecirlo con agua bendita. Entre los cuatro lo sujetaron, como si fuera una persona muy fuerte a la que tenían que dominar. Luego rezaban o hablaban como en otro idioma, bendiciendo al principito con la mano y con crucifijos, haciendo un exorcismo.

Me contaron que los curiosos observaban a los religiosos mientras hacían lo que estaban haciendo, pero de repente todos empezaron a escuchar voces diferentes y ruidos chillones y aborrecedores, difíciles de soportar en los oídos. Al mismo tiempo, empezaron a sentir náuseas y algunos se vomitaron, porque de la casa del principito salía un humo y un aroma insoportable. El olor era tan pestilente, como a desechos de basura con aceite y cueros quemados. Algunos se fueron porque les fue difícil soportar el aroma, pero otros decidieron quedarse para estar seguros de que esos religiosos sí habían sido enviados por la mujer, como soldados de batalla enviados por Dios, para derrotar a Satanás, que quería adueñarse de la gente del pueblo.

Algunas personas que estuvieron mirando al Sacerdote, a los dos Obispos y al Cardenal, bendiciendo al principito, también pudieron ver a la madre encerrada en su cuarto. Estaba muy desesperada, parecía desconcertada, ya que comenzaba a creer que, en realidad, su hijo no era humano, sino el mismísimo demonio que se había engendrado en ella, y que por medio de ella había llegado a la Tierra solo para causar la maldad que afuera de su casa estaba sucediendo. Parecía muy desconcertada, pues no podía creer que ella fuera el instrumento que Satanás había utilizado para llevar a cabo uno de sus más macabros, mortíferos y desastrosos castigos, infligidos a aquella humilde comunidad que, solo unas semanas antes, había gozado de una agradable armonía, algo que nada tenía que ver con la cruel realidad que estaban viviendo en ese momento. Ella misma creía que lo que la población estaba viviendo era una desagradable masacre.

Me contaron que, en toda la población, entre el mal olor que sentían, las destructoras lluvias y los diabólicos rayos, se sintió un temblor, como si la montaña se hubiera derrumbado y la tierra se hubiera abierto. Algunas personas cayeron al suelo por el cruel impacto del sonido terrorífico que sacudió las pocas casas que aún se resistían a la devastadora maldición del principito. A algunas personas se les reventaron los oídos por el fuerte impacto, y con ello también terminó su vida.

También me contaron que las personas malheridas y aterradas trataban de ayudarse a reanimarse unas a otras, diciendo: "Dios está con nosotros, Él nos va a salvar de esta masacre". Algunas personas que parecían estar más fuertes ayudaron a los desvanecidos a ponerse en un lugar más seguro, y a los heridos los llevaban a las casas más cercanas que no estuvieran tan destruidas. Otros se refugiaban en la iglesia, que apenas resistía a caerse, debido a los diabólicos sonidos de los rayos y los desastrosos vientos que dejaba el sanguinario terremoto que acababa de pasar.

Me contaron que, entre lo horrible de la destrucción, entre los muertos, las personas más saludables y sobrevivientes que se resistían a la maldad estaban ayudándose unos a otros. Se podían escuchar los llantos de niños y de personas mayores, y las súplicas y plegarias que le hacían a Dios no dejaban de repetirse en sus bocas, pidiendo su bendición. De repente, se vio una luz muy brillante, como de un cometa o de un cohete que explotaba, pero que no hizo retumbar. Duró un momento, iluminó todo el rancho, y entonces pudieron ver que la tierra no se había partido ni las piedras de la montaña se habían derrumbado.

Me dijeron que los sobrevivientes se quedaron tan sorprendidos por lo que estaban viendo, y más aún porque la tierra no se había partido ni las montañas se habían destruido. Sin embargo, continuaban llorando, tal vez de dolor o de alegría, por la prepotencia de lo que estaban sufriendo o por no saber lo que estaba ocurriendo en ese momento. Solo sabían que estaban en peligro, siendo cruelmente heridos y masacrados.

Me contaron que la luz no fue como la de un rayo, sino algo como si el cielo hubiera explotado. Lo más extraño fue que, unos veinte o más minutos después, por un largo rato, la lluvia, el granizo, los rayos y el fuerte viento comenzaron a calmarse poco a poco. En ese momento, algunas personas aprovecharon para reforzar sus casas, para que los endemoniados vientos no se las llevaran. Mientras tanto, otras personas seguían mirando y escuchando al Sacerdote, a los dos Obispos y al Cardenal, que parecían rezar en otro idioma que solo ellos entendían. A través de las rendijas de la casa veían cómo se retorcía y chillaba el principito entre sus manos, sin que pudieran controlarlo. El pestilente aroma del principito comenzó a extenderse por todo el destruido poblado, y las personas que estaban más cerca tuvieron que taparse la nariz y la boca. Algunos prefirieron irse, pues no pudieron soportar la pestilencia y evitar vomitar.

Me contaron que seguía llegando un olor como de cuero con aceite y basura quemándose, pero de repente, cuando el cielo casi estaba claro, se formaron más nubes de inmediato. La lluvia se hizo más densa, los rayos se volvieron más rápidos y aborrecedores. Aun así, por un poco de tiempo, los curiosos, a través de las rendijas de la casa, vieron cómo el Sacerdote, los dos Obispos y el Cardenal se veían cansados y sudando, como si estuvieran en un desierto o haciendo demasiado ejercicio. Oían lo fuerte que chillaba el principito y cómo se retorcía con los rezos y el agua bendita que le rociaban por todo su cuerpo, al mismo tiempo que le rezaban y le ponían crucifijos en su pecho y en su frente.

Me dijeron que vieron cómo los ojos del principito se le brotaban, se estaba poniendo hinchado y de un color morado oscuro. El Sacerdote, los dos Obispos y el Cardenal se veían más cansados y sudando, casi como si se fueran a desvanecer. Pero se decían entre ellos: "No nos rindamos, al demonio tenemos que vencer, somos cuatro y él es uno, tenemos más poder, lo tenemos que vencer. No se debe burlar de nosotros".

Mientras tanto, afuera casi todas las personas seguían quejándose, curándose y ayudándose unas a otras, o sepultando a personas y animales que habían muerto. Algunos animales ya estaban en descomposición, y era imposible dejarlos allí entre ellos, ya que podrían contagiarse con la epidemia. Afuera, la pesadilla de la maldición continuaba.

Algunos me contaron que, dentro de la casa del principito, el Sacerdote, los dos Obispos y el Cardenal seguían con las oraciones y el exorcismo. El principito se inflaba más, como un sapo enojado, y de repente levantó su cuerpo como una persona adulta, como si intentara sentarse o pararse. Cuando estuvo casi sentado, hizo unos quejidos horribles y les lanzó guantadas, mordidas, y rasguños. De repente, dio un fuerte estornudo, hizo demasiada fuerza, explotó y los roció con su sangre pestilente. Al explotar, el principito cayó de espaldas en la vieja cama. El Sacerdote, los Obispos y el Cardenal, casi desvanecidos, se apresuraron a limpiarse la sangre que les había caído en las caras y en sus sotanas.

Me dijeron que, casi desmayados, el Sacerdote, los dos Obispos y el Cardenal vieron que del estómago del principito salió un animal muy raro y monstruoso, de unos veinte centímetros de alto, parecido a una cabra parada, pero con cara de lobo sin pelo y orejas de rata. Notaron que no tenía ni pelo ni cola, y que tenía dos largas barbas. También vieron que sus ojos estaban brotados y sangrando. El animal brincó al suelo. El Sacerdote, los dos Obispos y el Cardenal intentaron atraparlo, pero debido a su debilidad no lo lograron. El animal, arrastrándose como una serpiente quemada, chillando y rabioso, salió corriendo por las rendijas de la puerta.

Me contaron que, afuera, algunos de los mirones también intentaron atraparlo a garrotazos, pero brincaba como una rata canguro y no le acertaban, ya que corría demasiado rápido y no pudieron detenerlo. Luego lo vieron a la luz de los rayos, cuando se metió en el río, y al sentir el agua fría chillaba, pero no como un jabalí, sino como una manada de cuervos, emitiendo chillidos muy raros. Los mirones comenzaron a escandalizarse y criticar, porque vieron que el monstruo que salió del estómago del principito cruzaba el río sin parar de chillar y de soltar su aroma pestilente. Aunque la corriente del agua era fuerte, no lo arrastraba.

Me contaron que las personas seguían tapándose la nariz y la boca, ya que el animal que salió del estómago del principito dejó su aroma pestilente por un buen rato. Incluso cuando cruzó el río, siguieron escuchando su chillido, hasta que pareció perderse a lo lejos en las montañas.

Me contaron que algunas personas vieron cómo el Sacerdote, los dos Obispos y el Cardenal empezaban a reaccionar y, con gran esfuerzo, apenas podían moverse, caminar o mantenerse de pie. No paraban de rezar, y vieron que el principito, tras haber explotado, parecía estar como muerto, solo dejaba escapar algunos quejidos en diferentes sonidos, pero se movía poco. Sus ojos seguían brotados, pero los religiosos se miraron entre sí y movieron la cabeza, dándose cuenta de que todavía estaban bañados con la sangre pestilente que brotó del principito al explotar. No soportaban la peste, y rápidamente, como pudieron, se quitaron esa ropa y se pusieron otra que, por fortuna, llevaban consigo.

Algunas personas me dijeron que los religiosos observaron de nuevo al principito y vieron que estaba bien. Al mismo tiempo, exclamaron de acuerdo: "¡Lo logramos, lo vencimos!", alzando las manos como si quisieran bailar. A pesar de lo cansados que se veían, casi cayendo por el gusto, se abrazaron celebrando y gritando: "¡Lo vencimos, le ganamos a Satanás, el principito está a salvo!". Notaron que ya no chillaba ni se retorcía como antes de que explotara o de que el demonio escapara de su cuerpo. Lo cobijaron con un manto que llevaban, y aunque ya no apestaba tanto, se notaba que su estómago seguía sangrando.

Una de las personas que vio lo ocurrido me contó que, después de una pequeña celebración que hicieron los religiosos, se sentaron en la vieja cama junto al principito. Se veían demasiado cansados, casi como si estuvieran dormidos sentados, sin moverse ni hablar. Estuvieron así unos cinco minutos, y cuando parecieron despertar, se miraron entre sí, luego volvieron a mirar al principito y sonrieron. Se levantaron, aunque no se pudo oír lo que dijeron, ya que hablaron en voz baja. Movieron la cabeza como diciendo "lo vencimos, vámonos". El sacerdote tomó al principito y lo llevaron junto a su madre.

Me contaron que el Sacerdote, los dos Obispos y el Cardenal le contaron a la madre todo lo que habían hecho con su hijo y todo lo que había ocurrido. La mujer estaba muy tensa, asustada, temblaba y al mismo tiempo suspiraba profundamente y lloraba. Aun así, ella dijo que ya presentía que algo extraño iba a suceder, que esperaba que el demonio saliera del alma de su hijo, pero no de su cuerpo en forma de animal, y que no imaginaba que se dejaría ver y correría como un animal, sin que pudieran atraparlo. El Cardenal le contestó que era el demonio, y que no se dejaría atrapar.

Me contaron que los mirones que estaban escuchando lo que los religiosos le contaban a la madre se atrevieron a abrir la puerta para contar que ellos también vieron cuando salió, por una rendija de la casa. Intentaron atraparlo, pero tampoco pudieron, ya que brincaba muy rápido y de forma extraña. No imaginaron que era el demonio, solo pensaron que era un animal muy raro que podría haber llegado del campo en busca de refugio, ¡tal vez huyendo también por miedo!

También me contaron que, después de que los religiosos y los mirones contaron lo sucedido, notaron que la madre de aquel principito estaba muy triste y desconcertada. Decía que gracias a ellos su hijo fue liberado de tan cruel perversidad que estaba viviendo, al igual que ella sufría al ver y escuchar a su hijo mientras lo ayudaban a que Satanás saliera de su cuerpo y de su alma. En repetidas ocasiones, bañada en llanto, les daba las gracias a los religiosos por haber salvado a su hijo de las garras del demonio, que desde el infierno vino solo a traerles desgracia, intentando acabar con la fe y la tranquilidad de su hijo, de ella y de toda la comunidad. Dijo que ella no era creyente en hechizos ni en brujería, ni en ninguna creencia satánica, como para que el demonio se hubiera engendrado en su cuerpo. Lo más desconcertante, para su sorpresa y la de todos, fue que el demonio no solo pudo meterse en su alma, sino también en su cuerpo en forma de un animal. Con gran desconfianza e incertidumbre hacia los religiosos y los que vivieron ese perturbador momento, la madre les pidió perdón en nombre suyo y de su hijo, dando a entender que ni ella ni su hijo eran culpables.

Me contaron que las personas que vieron lo ocurrido no parecían aceptar las disculpas de la madre, pero aun así no dijeron nada. Solo los religiosos pudieron entender lo sucedido, pues dijeron que en muchas ocasiones habían luchado contra Satanás de una u otra forma, pero nunca habían experimentado una manifestación como esta. También fue difícil para ellos aceptar la forma en que se escondió dentro de los cuerpos de la madre y del principito en forma de un extraño animal. Los religiosos, el Sacerdote, los dos Obispos y el Cardenal dijeron que Satanás era muy astuto y que nada bueno se podía esperar de él.

La madre, aterrada por lo sucedido, al confirmar lo que ya se había imaginado, se sintió un instrumento satánico, permitiendo que Satanás se apoderara del cuerpo de su hijo para venir a destruir la población. Aunque no la exterminó por completo, masacró a centenares de personas y miles de animales, tanto domésticos como salvajes, y casi todas las viviendas quedaron completamente destruidas. Pero para la madre y los religiosos, lo importante era que, después de tanto esfuerzo, lograron desterrar al demonio que se había apoderado del vientre de aquella bondadosa mujer y del cuerpo de aquella hermosa criatura. El principito, al quedar libre del demonio, pareció ser un bebé normal, como lo había sido al nacer.

Me contaron que los religiosos se veían tan cansados que parecían haber sido arrojados en un desierto durante tres días sin agua ni comida. Estaban muy débiles, pero ya podían sonreír al hablar. Aún les costaba pronunciar las palabras sin esfuerzo, pero estaban celebrando la batalla que habían ganado contra aquel demonio, que les había exigido tanto esfuerzo y, al mismo tiempo, les permitió recuperar su fe, así como la fe de todos los sobrevivientes de la población. También fueron un ejemplo para otros creyentes, demostrando que cuando hay fe en Dios, todo se puede lograr.

Me contaron que los religiosos pensaron en irse de esa casa, pero antes bendijeron a la señora y al principito. Al dejarlo junto a su madre, el principito ya no exclamó ningún chillido ni berrinche. La madre, el Sacerdote, los dos Obispos, el Cardenal y otras personas que presenciaron la terrorífica escena, notaron que el principito solo abrió los ojos y vieron que ya no los tenía rojos como sangre coagulada, sino de color ceniza. Luego lo vieron bostezar y notaron que su lengua también era normal, como la de cualquier otro niño. Le dijeron a la madre que ya podía estar más tranquila, pues su hijo ya no albergaba al demonio; ahora era un niño normal.

Me contaron que tanto los religiosos como los mirones, todos sonrientes y admirados de su trabajo, sentían que todo había terminado. Se miraron unos a otros, parecían aún demasiado agotados, como si estuvieran dormidos por el sueño que tenían, pero sus sonrisas mostraban lo contentos que estaban. Del cansancio que sentían, se sentaron en la cama del principito y de su mamá. Algunas personas que se encontraban allí también buscaron dónde sentarse, pero seguían sintiendo temor, pensando que tal vez nada de lo ocurrido era verdad. Aunque los religiosos ya lo habían asegurado, en sus corazones permanecía esa sensación de incertidumbre, era muy reciente como para que lo creyeran y se sintieran seguros de que no volvería a ocurrirles jamás.

Me contaron que en ese momento llegó una persona a pedir ayuda a los religiosos, porque algunas personas estaban muriendo y querían ver a los Sacerdotes, tal vez para morir en paz. Algunas personas que aún tenían algo de salud, fuerza y voluntad fueron a ayudar a quienes lo necesitaban, y alguien, junto a la puerta de la casa del principito, gritaba al Sacerdote, a los dos Obispos y al Cardenal, pidiéndoles que por favor salieran, que quería hablar con ellos. Fue el Sacerdote quien atendió el llamado, y la persona le contó el recado. Luego el Sacerdote les contó lo que pasaba a los dos Obispos y al Cardenal, y después se despidieron de la madre, bendiciéndola nuevamente con la mano.

Me contaron que cuando el Sacerdote, los dos Obispos y el Cardenal salieron de la puerta, aún se notaba lo fatigados que estaban, como si tuvieran mucho sueño. Sin embargo, sus rostros mostraban una sonrisa que reflejaba lo contentos que estaban. Al salir, tomaron unas jícaras para beber agua de una cubeta que estaba al lado de la puerta, y bebieron con fuertes sorbos, como si hubieran estado en un desierto por dos o tres días sin beber agua. Después de beber, quisieron sentarse, pero la persona que llevaba el recado volvió a insistirles que, por favor, fueran a ver a las personas que se estaban muriendo y pedían su ayuda, tal vez para morir en paz.

Me contaron que de inmediato se dirigieron a la casa de los enfermos. El Sacerdote, los dos Obispos y el Cardenal, al mirarlos, sin siquiera revisarlos detalladamente, pudieron ver que su piel estaba hinchada, reventada, reseca como escamas de pescado, con un color entre morado, ceniza y carbón mezclado con sangre. También notaron que la piel se les estaba cayendo, como si se estuvieran derritiendo.

De inmediato hicieron lo mismo que con el principito: sacaron a las personas que estaban allí y se encerraron solo con los enfermos para poder hacer sus oraciones de saneamiento, con el fin de ayudarlos a salir de la malvada maldición del principito. Desde su primer día de nacimiento, por su ingenuidad al burlarse de él, su vida les había desgraciado con una terrible enfermedad que les causaba dolores intensos en todo el cuerpo, y desde que la contrajeron, habían estado postrados en sus camas, sin que nadie pudiera curarlos.

Me contaron que los enfermos tenían un olor tan fuerte, parecido al que el principito desprendía cuando se enojaba o cuando explotó y salió el verdadero demonio que llevaba dentro de su cuerpo y alma, que era difícil de soportar. El Sacerdote, los dos Obispos y el Cardenal tuvieron que taparse la boca y la nariz para poder soportar el aroma. Cuando les ponían agua bendita y les hacían oraciones de exorcismo, los enfermos se retorcían como serpientes al sentirla, y con la lengua mordida entre los dientes, gritaban y se quejaban de una forma extraña, que era difícil de entender. Los curiosos escuchaban que los enfermos, delirando, repetían "el principito, el principito", como culpándolo de su sufrimiento y del cruel delirio que estaban viviendo. No estaban equivocados; el principito sabía lo que estaban sintiendo, y con el sufrimiento de esas personas, él lo disfrutaba, siendo el único que estaba contento.

Me contaron que el Sacerdote, los dos Obispos y el Cardenal pasaron un largo tiempo, no se sabe cuánto, pero creen que fueron entre dos y tres horas entre rezos y exorcismos. Luego notaron que los enfermos, poco a poco, como si estuvieran paralizados y dormidos, se fueron calmando hasta que dejaron de hablar. Con los ojos brotados, parecían muertos o dormidos, con su piel oscura y casi derretida, como momias de cera o de papel.

Me contaron que el Sacerdote, los dos Obispos y el Cardenal seguían hablando y rezando en otros idiomas. Con la mano y unos crucifijos los bendecían, seguían bañándolos con agua bendita y también les metieron los dedos en la boca para ayudarles a meter la lengua, ya que parecía que les había crecido y no les cabía en la boca, o tal vez, por la desesperación del dolor, se la habían mordido. Fue difícil ayudarlos para que no se siguieran mordiendo, porque ya la tenían cortada.

Me contaron que el Sacerdote, los dos Obispos y el Cardenal se veían extremadamente cansados, pero no paraban de bendecirlos y rezar. Después de un largo tiempo, vieron que los enfermos empezaron a moverse y a intentar abrir los ojos. También se veían menos pálidos, y de repente, como si fueran lobos, gruñían y querían levantarse para atacar al Sacerdote, a los Obispos y al Cardenal, pero lograron controlarlos mostrándoles el crucifijo y rociándolos con bastante agua bendita. Poco después, los enfermos se calmaron hasta quedarse como dormidos e hipnotizados, aunque seguían con los ojos brotados. Dormidos, dejaban escapar un quejido, como lobos que se estaban muriendo.

Me contaron que cuando el Sacerdote, los dos Obispos y el Cardenal vieron a los enfermos tranquilos, dejaron de bendecirlos y rezar. Se veían tan débiles que apenas podían sentarse. Al poco tiempo, salieron de la casa, agotados, sudando y con mucha sed. Con unas jícaras, tomaban agua con ansiedad de unos cántaros que estaban cerca de ellos. Desesperados, se mojaban la cara y la cabeza, bromeando entre ellos sobre cuánto habían sudado, diciendo que la batalla había sido difícil, muy sufrida y agotadora, pero que, en equipo y unidos, lograron derrotar al demonio, sacándolo de los cuerpos de esas personas moribundas que estaban a punto de perder la vida, y también de sus almas, que habían sido poseídas. El demonio intentó cruelmente exterminar a la población, tanto sus vidas como su fe.

Me contaron que, después de un tiempo, el Sacerdote, los dos Obispos y el Cardenal volvieron a ver a los enfermos. Parecía que ya no se estaban derritiendo, la piel ya no se les caía, pero los observaron cuidadosamente para estar seguros de que estaban bien. Cuando comprobaron que todo parecía normal en comparación con cómo estaban antes, se dijeron que estaban bien y salieron del cuarto respirando profundamente, como si no pudieran creerlo. Fue por eso que el Sacerdote, los dos Obispos y el Cardenal se pusieron contentos, ya que decían que habían ganado otra batalla contra Satanás. Con alegría, como si celebraran una partida de póker o un gol de su equipo favorito, alzaron las manos. Con esa alegría, lograron sacar fuerzas para celebrar con un rico y delicioso café que unas amables mujeres les trajeron como regalo. Nuevamente, casi lloraban de orgullo junto a todas las personas presentes. Con la emoción que sentían, el Sacerdote, los dos Obispos y el Cardenal decían que, en equipo, cada vez que Satanás se les opusiera, sería derrotado. Gritando de gusto, decían que el poder de Dios era único, que nadie lo podía vencer o mancillar, y que ellos estarían siempre unidos para derrotarlo donde él se presentara, ¡aclarando con orgullo que si Satanás se atrevía a desafiarlos, lo confrontarían!

Me dijeron que, ya un poco descansados, tuvieron la fuerza para bromear y, en voz alta, para que la gente los oyera, decían: "Un pueblo de fe unido jamás será vencido por Satanás ni por nadie." Las personas que oyeron al Sacerdote, a los dos Obispos y al Cardenal sacaron fuerzas de sus almas destrozadas y, con alegría, también gritaron y agitaron las manos, incrédulos de lo que estaban viviendo después de una exterminadora pesadilla que cobró la vida de cientos de personas y miles de animalitos salvajes y domésticos. Solo unos cuantos gatos, perros, cerdos, gallinas, vacas y otros animales lograron salvarse de tan terrible maldición, a la que nunca debieron ser castigados.

El día pasaba, las horas se escapaban, y el Sacerdote, los dos Obispos y el Cardenal, junto a las personas que los acompañaban, seguían emocionados contando la difícil historia de la pesadilla que habían tenido que vivir. Todos con su tacita de café entre las manos, ya casi habían olvidado lo que unas horas antes habían padecido. La alegría que sentían por haber terminado con la maldición del principito y la pesadilla malvada que los había sometido parecía hacerles olvidar el horror, o recordarlo como si hubiera sido varios años antes.

Tan contentos se sentían, tan felices estaban o creían que iban a estar, que todos, el Sacerdote, los dos Obispos y el Cardenal, junto a los pocos sobrevivientes que se encontraban allí, repetían: "Un pueblo de fe unido jamás será vencido por Satanás ni por nadie." Decían que unieron sus fuerzas para desterrarlo de su pueblo, de sus almas, de las que ya se había apoderado. Pero, aunque Satanás había sido expulsado, las cicatrices en sus cuerpos y en sus recuerdos quedarían, y esas quizá las llevarían con ellos hasta el día de su muerte. Las grandes heridas físicas que les dejó, la falta de sus familias y seres queridos que perdieron, así como de sus animales, que eran el sustento de sus vidas, todo fue el precio que pagaron gracias a ese hermoso bebé, ese niñito caprichoso, que no era más que el mismísimo demonio que se apoderó de su cuerpo y su alma, y que se les apareció en el camino, cobrando la vida de tantos.

Me contaron que las personas a las que el Sacerdote, los dos Obispos y el Cardenal les sacaron el demonio de sus almas aún seguían recostadas en sus camas, como en un profundo sueño. Sus ojos y su lengua aún mostraban señales de estar lastimados, y su piel parecía recuperar su color original. Lamentablemente, seguían sometidos a la debilidad que sufrieron al no poder comer ni tomar agua, ni ser atendidos. Nadie comprendía cómo sobrevivieron varios días sin poder alimentarse, por lo que creyeron que Dios estaba con esas personas. Sin embargo, lamentaban que, por desgracia o por su inocencia, se burlaran del principito, lo que les costó ser castigados con esa terrible enfermedad que casi les arrebata la vida. Aun así, imploraban agradeciendo a los religiosos, al Sacerdote, a los dos Obispos y al Cardenal, quienes llegaron justo a tiempo para salvarlos de las crueles intenciones del hermoso principito que los estaba sometiendo.

Me contaron que, poco después de salir de la casa de los enfermos, el Sacerdote, los dos Obispos y el Cardenal volvieron a la casa del principito. Le preguntaron a la madre cómo se estaba portando aquel principito al que habían rescatado de las garras del demonio. La madre, con seguridad y sonriendo, les contestó que se estaba portando como cualquier otro niño recién nacido, que le había dado leche enlatada en un biberón y la tomó sin ningún problema. No hizo berrinches ni gestos de enojo, y no había llorado, solo se la pasaba dormido.

Me contaron que el Sacerdote, los dos Obispos y el Cardenal entraron al cuarto para ver al principito. P pudieron notar que ya no apestaba como cuando le sacaron a Satanás de su alma. Satisfechos con lo que la madre les dijo y lo que estaban viendo, creyeron que todo era verdad. Lo volvieron a bendecir y empezaron a hablar en otros idiomas. Esta vez, el principito no chilló como un jabalí ni como ratas peleando; solo abrió y cerró los ojos, como si la luz o la claridad del día lo encandilara.

Me contaron que todo ocurrió como los religiosos lo deseaban, que esta vez no hubo ráfagas de rayos, vientos endemoniados, terremotos masacrantes, destructores aguaceros o granizos desastrosos. Observaron que el principito ya no tenía los ojos de color lumbre ni la lengua como de serpiente, y que ya no se retorcía como serpiente cuando le echaron el agua bendita. El Sacerdote, los dos Obispos y el Cardenal se alegraron al ver que el principito hasta sonrió cuando el agua bendita tocó su cuerpo.

Me contaron que, cuando los religiosos estuvieron seguros de haber terminado su labor con las bendiciones y el exorcismo, quitaron el manto con el que habían cubierto al principito cuando lo recostaron junto a su madre. Pudieron ver que su estómago ya estaba cerrado, que ya no sangraba, y que la apertura que había tenido al explotar se le había cicatrizado. Los religiosos, riendo, con profundos suspiros y chiflando de alegría, como bromeando, se limpiaron la frente con la mano, como para quitarse el sudor, y se dijeron a sí mismos que estaban seguros de haber derrotado al demonio y que jamás volvería al cuerpo del principito.

Me contaron que el Sacerdote, los dos Obispos y el Cardenal, para asegurarse de que le habían ganado la batalla a Satanás, despertaron al principito para hacerle un nuevo ritual de saneamiento. Le pusieron varios crucifijos en el cuello, hacia su pecho, para ver cómo reaccionaba al sentirlos en su cuerpo. Se sorprendieron mucho al ver que el principito comenzó a sonreír y a jugar con ellos, incluso llevándoselos a la boca, como queriendo comérselos. La madre, al igual que los religiosos, estaba muy sorprendida al ver que su hijito parecía divertirse con las reliquias que le habían puesto en su pechito. Agradecida, como pudo, se levantó y abrazó a los religiosos, dándoles repetidas gracias por haber salvado a su hijo de tan increíble maldición.

Me contaron que los religiosos, con amabilidad y orgullo, le respondieron a la madre que no se preocupara, que ese era su trabajo, que para eso habían sido enviados por Dios, que ellos eran sus soldados encargados de derrotar a Satanás cada vez que se apareciera frente a ellos, dondequiera que se manifestara o en qué cuerpo de alguien se escondiera. Su misión era sacarlo y derrotarlo antes de que acabara con la fe de alguna persona. Sin embargo, esta vez les había sido extremadamente difícil desterrarlo, sacarlo de aquellas almas que sobrevivieron a tan horrible sufrimiento. Durante varios días, con gran poder satánico, perverso y diabólico, Satanás había sometido cobardemente a toda la población, que unas semanas antes vivía feliz y tranquila. Algunos centenares de personas no pudieron resistir y, por la maldición que cayó sobre ellos, tuvieron que pagar con sus vidas un cruel e inmerecido castigo.

Me contaron que el Sacerdote, los dos Obispos y el Cardenal, sorprendidos pero sonrientes de alegría, salieron del cuarto de la madre y del principito. Esta vez ya no parecían venir de un desierto, cansados, sudando y con sed; se veían sonrientes, pues estaban contentos por la victoria contra Satanás. Finalmente, podían ver un poco de tranquilidad en las personas, que aún sufrían por la devastación que el principito del mal les había causado. El Sacerdote, los dos Obispos y el Cardenal, entre ellos, se decían: "No debemos confiarnos, pues Satanás no es de fiar ni por un solo momento, pero nuestro deber es brindar tranquilidad a las personas y ayudarlas a sanar sus heridas, tanto físicas como, más importante aún, las del alma, para que puedan recuperarse y volver a la dicha, tranquilidad y felicidad que sus vidas habían tenido solo unos días antes."

Me contaron que, al salir del cuarto, a pesar de estar tan agotados, sacaron energía de lo profundo de sus almas, por lo que parecían ya no estar cansados. Preguntaron a las personas si podían bendecirlas, a lo que todos contestaron que sí. Empezaron a bendecir con agua bendita y crucifijos a toda la gente que allí se encontraba, y los invitaron a acompañarlos para bendecir en sus casas a los vivos, a los muertos, a los malheridos y a los enfermos con la tempestad. También iban a bendecir a los pocos animales que pudieran ver: gallinas, chivos, perros, burros, caballos y demás animales que se dejaran ver. Al parecer, los animalitos sentían lo mismo que los sobrevivientes: que Satanás ya no estaba entre ellos, y se sentían felices de volver a correr por el aire, por las calles lodosas y destruidas.

Me contaron que, por los potreros y en todos los campos, algunas vacas y otros animalitos dejaban notar que ya eran felices. También por los cielos volaban algunas aves campestres, que se dejaban llevar por las corrientes del fresco aire y el hermoso sol, que también les había sonreído. El sol iluminaba toda la naturaleza destruida, saliéndose de las oscuras nubes que lo habían ocultado. Los cielos, despejados y azules, ya no mostraban las oscuras nubes malignas, que con sus torrenciales aguaceros y salvajes y aterradores tornados, ya habían desaparecido.

Me contaron que la gente, aun con desconfianza, trataba de mostrar sonrisas y dejaba escapar algunas carcajadas. En sus sucios y cansados rostros se notaba la felicidad que habían recuperado, aunque incrédulos. Junto al Sacerdote, los dos Obispos y el Cardenal, con la bendición de Dios y la fe de las personas, todos los que podían caminar y no estaban ocupados cuidando a algún muerto o curando a un malherido, salieron a rezar entre los escombros de las callecillas destruidas. También fueron a bendecir las tumbas de las personas y los animales que, por la maldición del principito del mal, lamentablemente perdieron la batalla contra la despiadada destrucción y la cruel tempestad.

También me dijeron que algunos familiares de personas que aún no habían sido sepultadas pidieron a los religiosos que los acompañaran cuando las enterraran, pues tenían la creencia de que con su bendición Satanás no los volvería a molestar, aun estando muertos en sus tumbas. Los religiosos, con orgullo, les contestaron que, por supuesto, los acompañarían, que para eso fueron enviados por Dios, para ayudarlos en todo lo que necesitaran y para que Satanás jamás regresara entre ellos a intentar hacer una más de sus jugarretas.

Me contaron que, después de los sepelios de las personas fallecidas, caminaron por algunos potreros y cerca de los ríos, bendiciendo a los animalitos que, con alegría, parecían entender que aquellos religiosos fueron sus salvadores. Los animalitos se les acercaban, como dándoles las gracias por haberlos ayudado, por haberlos salvado de no ser masacrados, como lo fueron miles de ellos que no resistieron los severos castigos a los que aquel principito del mal los había sometido, causándoles un perverso sufrimiento. Unas semanas antes, todos, al igual que la gente, eran muy felices, pero solo unos días después sufrieron el peor castigo de sus vidas, un castigo maligno que aún persiste entre ellos.

Me contaron que, mientras iban rezando y bendiciendo, el Sacerdote, los dos Obispos y el Cardenal vieron que decenas de animalitos, algunos malheridos, hasta arrastrándose como si supieran que ser bendecidos los aliviaría, salieron de sus escondites. Parecían muy felices. Algunos perros, burros, puercos, caballos y vacas se revolcaban en los charcos de lodo, contentos al sentir el agua bendita caer sobre sus cuerpos. Cada uno de los animales expresaba su felicidad de diferentes maneras: relinchando, ladrando o rebuznando. Incluso las gallinas, los chivos y otros animalitos parecían entender que todo había terminado.

Me contaron que los animales mostraban su felicidad y disfrutaban más su libertad, al ya no sentir el temor ni la maldición que habían padecido. Las gallinas cacareaban, los gallos cantaban, y los caballos, burros, chivos y demás animales empezaron a correr. Las aves salvajes comenzaban a volar por los aires del destruido lugar, y los puercos encerrados y otros animales pedían comida. La gente, al ver la felicidad de los animalitos, también comenzó a reír de alegría, comentando cómo los animales parecían tener más voluntad que ellos mismos. Dijeron que eso no podía ser posible y, juntos, empezaron a buscar soluciones sobre cómo reconstruir sus vidas, sus casas, y cómo recuperar todo lo que habían perdido en la diabólica destrucción causada por el principito del mal, quien había querido exterminar su fe y sus vidas al esconderse en el cuerpo y alma de aquella inocente criatura, que aún no había nacido, pero que ya había sido engendrada en el cuerpo de aquella noble mujer.

Me contaron que estuvieron rezando y bendiciendo todos los lugares, a personas y animales, en el destrozado pueblecito, hasta que cayó la noche. Después, todos se reunieron en la iglesia, que fue la única que soportó las tempestades. Allí, pasaron unas horas juntos, tratando de sacar fuerzas y renovar su fe para volver a sus vidas normales, sin sentir la crueldad de la tristeza por el sufrimiento que habían tenido. Todo por la diversión del encantador principito del mal, al que habían sido sometidos. Pero con la ayuda de Dios, que les envió a sus soldados para combatir a Satanás, y con su fe y las oraciones de los religiosos, lograron derrotarlo.

Me dijeron que, cuando el Sacerdote, los dos Obispos y el Cardenal se fueron del destruido pueblecito, la gente se quedó cuidando y velando a los enfermos, al mismo tiempo que curaban a algunos animalitos. Otras personas enterraban a los que, por mala suerte, acababan de morir y a los animalitos que no soportaron la maldición del nacimiento del principito del mal. Muchos de los malheridos seguían sufriendo, llorando de tristeza, angustia, desesperación y dolor, sintiendo la impotencia de no saber qué harían con sus vidas, ya que casi todo lo habían perdido.

Me contaron que, aunque querían mantener la fe y la voluntad para no desvanecerse ni desesperarse, algunos, llorando, se daban ánimo y se deseaban que pronto se recuperarían de la temible pesadilla y de la despiadada masacre que sufrieron. Confiaban en que los soldados de Dios habían derrotado a Satanás y lo habían destruido para siempre, que toda la maldición del principito ya había pasado, y que no volvería a suceder. Creían que Satanás había perdido la guerra y todas las batallas en esa bendita tierra, que había salido de sus vidas para siempre, que no les arrebató su fe en Dios, y que, como el demonio que era, se fue chillando entre la lluvia y la oscuridad de la noche, al mismísimo infierno de donde había venido para tratar de destruir la paz y la fe en Dios en esa población.

Me contaron que los enfermos que sufrieron la tempestad o la maldición del principito poco a poco empezaron a recuperarse, y se veían contentos. Como a los tres días, los que se habían enfermado, junto con la mortandad de animales, ya no tosían ni sufrían de fiebre o escalofríos. Aquellos que se burlaron del principito ya no veían cómo su piel se derretía; su piel recuperaba su color. Al caminar o hablar, ya parecían casi recuperados, ya no sentían dolor ni temían por sus vidas. Solo quedaban algunas cicatrices del pasado, marcadas en sus cuerpos y otras en sus almas, que tal vez nunca podrán olvidar, pero aun en su convalecencia, con poca fuerza física, sus almas eran fuertes, con la fe de poder olvidar lo que padecieron.

Me contaron que por un tiempo nadie volvió a visitar al principito ni a la madre, ya que parecían tenerles rencor por lo que vivieron, aunque el Sacerdote, los dos Obispos y el Cardenal, antes de irse del pueblecillo, les explicaron que no les tuvieran rencor, que ellos también fueron víctimas de la despiadada, infame y maligna hazaña que Satanás les había enviado, para que todos sufrieran el placer de su aterrador castigo. Satanás los castigó por ser un pueblo de fe, bondadoso y fiel creyente en Dios, pero aunque sufrieron su despiadado castigo, no los pudo derrotar. Con su fe infinita, lo regresaron al mismísimo infierno de donde había salido.

Me dijeron que la única ayuda que aquel principito recibía era la de su madre, quien era la única que lo cuidaba, ya que las personas aún se sentían temerosas de que les volviera a suceder lo que sufrieron en los días pasados. Aunque el Sacerdote, los dos Obispos y el Cardenal les explicaron que ni el principito ni la madre tenían culpa alguna de lo sucedido, ya que el niño fue solo una víctima, al igual que ellos, Satanás fue el único culpable que quiso destrozarlos, porque era un pueblo unido, con fe entre ellos y en Dios. Sabían que era un pueblo humilde, y que toda su gente era generosa y se daban amor entre ellos.

Me contaron que, en realidad, era un pueblo muy tranquilo, donde todos confiaban en todos. A cualquier hora, las personas se saludaban, y tenían una tradición que habían adoptado unos quince años antes de la catastrófica maldición: cada uno de los habitantes encendía una vela todos los días, una vez en la tarde y otra por la noche, indicando que todo en su casa estaba bien. El no encenderla significaba que algo estaba mal en esa familia, ya sea por enfermedad o una posible tragedia. Decenas de personas, solo por convivir, se reunían en un pequeño jardín o en el patio de la iglesia.

En reuniones familiares, como en bautizos, bodas o quinceaños de alguna muchachita, toda la población convivía. Normalmente se juntaban para tomar unas tazas de café o jugar algún deporte, o simplemente para jugar a las cartas o a la lotería. Pero lo habitual era convivir y demostrarse mutuamente que podían confiar unos en otros. Todos se invitaban, convivían sin ningún problema, nadie faltaba al respeto a las mujeres ni a los ancianos. Las jovencitas y niñas caminaban solas por las callecitas sin temor alguno de ser humilladas o secuestradas. Todos se cuidaban unos a otros. Las personas mayores aconsejaban a los más jóvenes, sin importar que no fueran sus hijos o hermanos. Los jóvenes respetaban a los adultos mayores como respetarían a sus propios padres o abuelos.

También tenían la gentileza y la precaución de presentar a los familiares de los residentes cuando los visitaban. La persona que recibía la visita presentaba a su familiar a la comunidad, o si había alguien nuevo en el lugar, siempre había quien los atendiera o los presentara con los demás, para que se sintieran en confianza y parte de la población, siguiendo el modelo de convivencia que ellos tenían. Toda la comunidad estaba muy bien organizada y tranquila, y no había habido delincuencia o maldad alguna desde hacía más de dos décadas. Por eso, creían que Dios los había bendecido.

Me contaron que tal vez esa fue la razón por la que Satanás sintió envidia y quiso destruirlos. Por eso, se disfrazó de un lindo y hermoso bebé, al que todos llamaron "principito", pero que, bajo la influencia del demonio, fue el "principito del mal". Con su furia, cobró la vida de algunas centenas de personas y miles de animales inocentes, que, sin culpa alguna, pagaron con sus vidas el orgulloso placer de aquel demonio que escapó del infierno para venir a la Tierra y tratar de arrebatarles la fe y sus vidas. Pero con la fe de todos y la ayuda de los soldados religiosos que Dios les envió, el Sacerdote, los dos Obispos y el Cardenal, no logró todo lo que deseaba. En su rabia y coraje por no poder terminar su jugarreta, chillando como cuervo o como ratas rabiosas peleando, fue regresado al mismísimo infierno de donde había salido.

Me contaron que, aproximadamente dos semanas después, las personas heridas físicamente ya casi estaban recuperadas, pero aún más se sentían recuperadas de su alma y seguras de su fe y su salud. En esos días, regresaron al poblado el Sacerdote, los dos Obispos y el Cardenal para recordarles y hacerles sentir que ni Dios ni ellos los abandonarían. Se prometieron volver a visitarlos para asegurarse de que Satanás no intentara volver a quebrantar su fe ni sus vidas, ni a querer rematarlos con otra terrible y diabólica jugarreta de sus maldades.

Me contaron que llamaron a la gente para hablar con ellos en la pequeña iglesia del pueblo. Casi todos se juntaron, solo faltaban algunas personas que realmente no podían caminar, estaban muy enfermas o ocupadas. También faltaban el principito y la madre. Tal vez la madre no quiso ir, pues sabía bien que la gente aún le guardaba rencor, ya que nadie la visitaba ni hablaba con ella. Prefería quedarse en su casa, sola con su hijo, encerrada, para no sentir que alguien la rechazara o la insultara. Nadie quiso ir a avisarles, pues aún les tenían un poco de temor, nadie quería verlos ni saber nada de ellos. La desconfianza de que algo diabólico les ocurriera hacía que les temieran, y por eso nadie se acercaba a su casa, mucho menos hablaba o los visitaba. Era poco el tiempo que había pasado como para que la gente hubiera olvidado el sufrimiento y el rencor que vivieron, que se les metió en el alma. Aunque intentaban no odiarlos, no podían resistir, pues aún tenían cicatrices en sus cuerpos y en sus almas, que no cicatrizaban lo suficiente como para perdonarlos y olvidar lo que sufrieron.

Me contaron que, al notar que el principito y su madre no estaban presentes, el Sacerdote pidió a alguien que fuera por ellos e invitarlos a venir. Todos protestaron al mismo tiempo y dijeron que no, que no los querían ahí. A pesar de que ya se les había explicado que ellos también fueron víctimas de la maldad de Satanás, la gente no quería entender. Sentían odio o desconfianza al verlos, por lo que se negaron a obedecer. Nadie quiso ir a invitarlos ni permitió que alguien fuera por ellos. El Sacerdote, los dos Obispos y el Cardenal les pidieron y suplicaron que por favor los fueran a buscar, pero nadie obedeció.

Me contaron que la gente, indignada, no escuchaba las súplicas del Sacerdote, los dos Obispos y el Cardenal. Al escuchar las súplicas, se alteraron y empezaron a insultar y maldecir al principito y a la madre, culpándolos por su destrucción y por la maldad que habían sufrido. Tanto era el odio que les tenían que se olvidaron de que estaban dentro de una iglesia, la cual deberían respetar, al igual que a los santos religiosos que los habían visitado. Para ellos, verlos entre ellos sería muy difícil, y tenerlos cerca les habría hecho cometer el error de golpearlos o insultarlos dentro de la iglesia. Por eso se negaban a obedecer las súplicas de los creadores de fe que les habían devuelto la tranquilidad a sus vidas y a sus almas. Sin embargo, los pobladores se negaban a entender estas razones, pues decían que sus cicatrices aún seguían sangrando, y no podían perdonarlos. Tal vez se negaban a aceptar que tanto la madre como el bebé también fueron usados por Satanás, tal como los religiosos ya les habían explicado.

Me contaron que el Sacerdote, los dos Obispos y el Cardenal pedían perdón en nombre del principito y la madre, pero la gente no aceptaba. Insistían en culparlos por la maldición. Al ver que la gente se negaba, el Sacerdote y un Obispo intentaron ir por ellos, pero la gente, muy alterada, los detuvo. Se pararon frente a ellos, bloqueando el paso, y les impidieron avanzar. A pesar de los ruegos, la gente insistía en que no querían verlos allí. Dijeron que si ellos venían, ellos se irían, porque nadie los quería ver. Se negaban a aceptar tenerlos entre ellos, pues se sentían muy heridos por el sufrimiento del pasado, como para olvidar y aceptarlos en sus vidas como si nada hubiera ocurrido. Para los pobladores, las cicatrices en sus cuerpos y almas parecían seguir sangrando, y por eso no aceptaban las órdenes de los religiosos ni querían ver entre ellos a quienes consideraban responsables de la desgracia que les había ocurrido, como para olvidarlo de un día para otro.

Me contaron que el Sacerdote, los dos Obispos y el Cardenal estuvieron un buen rato tratando de convencer a la gente, y parecía imposible lograrlo. Después de casi media hora de ruegos y súplicas por parte de los religiosos, lograron calmarse y aceptaron que fueran a traer al principito y a la madre, pero nadie quiso ir por ellos. Por eso, el Sacerdote y un Obispo fueron a invitarlos para que vinieran a la iglesia. Aunque todas las personas estaban descontentas, nadie se había ido. Criticaban y murmuraban con coraje, mirando hacia donde podrían aparecer, tal vez deseando insultarlos o reclamarles, diciéndoles que se largaran, que nadie los quería en ese lugar, que eran despreciados.

Me contaron que, cuando llegaron el Sacerdote y el Obispo con el principito y la madre, la gente los miraba con coraje y desconfianza, pero no decían nada. Algunos parecían querer irse del lugar, mientras otros murmuraban, tan molestos que parecía que querían lincharlos. Algunas personas, especialmente aquellas que perdieron a familiares, se fueron, pues no querían soportar la presencia de quienes consideraban culpables de la muerte de sus seres queridos, víctimas de la terrible masacre y la maldición causada por el principito del mal.

Me contaron que algunas personas seguían molestas al ver al principito, el causante de tanto mal. Se hicieron unas oraciones y dieron las gracias a Dios por haberlos liberado de tan terrible desgracia, pero algunas personas querían marcharse, porque creían que no podían soportar la presencia del principito y su madre. Fue entonces cuando el Sacerdote, los dos Obispos y el Cardenal, al verlos tan enojados, les empezaron a explicar lo que se dice en las oraciones: "Perdona nuestras ofensas así como nosotros perdonamos a los que nos ofenden." Les dijeron que, si no perdonaban, se estaban convirtiendo en servidores de Satanás. Que ellos serían peores que el principito, porque él solo fue una víctima, y Satanás lo había usado como un escudo para llegar a ellos y tratar de destruirlos. Les recordaron que estaban odiando a un niño, que ese niño no había pedido que Satanás se engendrara en su cuerpo. Afirmaron que el bebé era inocente de toda culpa, igual que ellos y todos los fallecidos, así como toda la comunidad. Todos fueron víctimas de Satanás. Los religiosos dijeron con seguridad: "Nosotros fuimos testigos, y muchos de ustedes también lo vieron."

Me contaron que el Sacerdote, los dos Obispos y el Cardenal los invitaron a reflexionar, insistiendo en que ellos habían demostrado ser un pueblo de fe, un pueblo de Dios, y que en sus almas limpias no deberían guardar odio ni rencor. Les dijeron que Dios perdonó a quienes lo crucificaron, entonces ¿por qué ellos no podían perdonar al principito, que como ellos, fue solo otra víctima de Satanás? Recordaron que el principito, desde el vientre de su madre, había sufrido la maldición de ser el instrumento de Satanás. Algunos recordaron cuando vieron cómo el demonio fue expulsado de su alma, y cómo el niño sufría mientras luchaba para liberarse. El Sacerdote, los dos Obispos y el Cardenal volvieron a suplicarles que entendieran y reflexionaran, advirtiéndoles que el principito tal vez sufriría con ese castigo el resto de su vida. Les pidieron que lo perdonaran y se prometieran nunca volver a odiarlos, que los vieran como a cualquier otro niño o madre. Solo así, dijeron, sus almas estarían más felices, ya que el odio solo los destruiría por dentro y les impediría volver a ser como eran antes de la maldición de Satanás.

Me contaron que con esas palabras fuertes y precisas, los pobladores, aunque no del todo convencidos, se tallaban las caras y se rascaban las cabezas, buscando en su interior la respuesta que podrían dar. ¿Aceptarían su fe de perdón o su conciencia los haría creer que ellos eran como Satanás, tal como los religiosos les decían? Fue por eso que algunos empezaron a reflexionar y a expresar a otros que los religiosos tenían razón al decir y hacer lo que estaban haciendo. De esa forma, algunas personas, entre suspiros y sollozos, pidieron perdón a los religiosos, a lo que ellos les respondieron que el perdón debía ser dirigido a la madre y al bebé, pues ellos eran quienes lo necesitaban, ya que no tenían culpa alguna de la desgracia que les había ocurrido.

Me contaron que fue por esas palabras, tan claras y verdaderas, que lograron perdonarlos. Con un abrazo que dieron a los religiosos, a la madre y al bebé, sollozando de alegría, sintieron que sus almas habían descansado, liberadas del rencor que las destrozaba, un peso muy difícil de soportar. Esa carga, que sentían como una cruz en su alma, habría sido muy difícil de llevar toda la vida. El rencor les carcomía el corazón y no les permitía vivir en tranquilidad. Gracias a esas benditas palabras de los religiosos, pidieron perdón, y la madre, con el principito en sus brazos, los perdonó. La madre dijo que los entendía, que nunca les había guardado rencor, porque ella y su hijo también sintieron el dolor que Satanás les causó. Como madre, ver a su hijo sufrir esa maldición y no poder ayudarlo fue un terrible y macabro sufrimiento para ella. Por eso les agradecía que los comprendieran, y les dio las gracias en repetidas ocasiones en nombre de ella y de su hijo.

Me contaron que cuando el Sacerdote, los dos Obispos y el Cardenal bendecían a la gente, primero bendijeron al principito y a la madre para ver cómo reaccionaba el niño cuando le rociaban agua bendita en su cuerpo. El principito estaba dormido y todos quedaron admirados porque ni se movió. Parecía que no sentía nada. Algunos vieron que hasta abrió un poco los ojos, hizo un gesto y sonrió. Al ver esto, la gente, arrepentida por el mal que le habían causado con su desprecio y rechazo, no se sentía contenta.

Me contaron que algunas personas lloraban, otras solo sollozaban, mientras pedían perdón a la madre y a los religiosos. Sentían que sus cuerpos se quebrantaban, que sus almas casi se les salían por tanto sufrimiento acumulado. Con el descanso que sus almas experimentaron al liberar el odio que llevaban dentro, ya se sentían muy contentos. Muchos lloraban, porque en su alma ya no guardaban rencor hacia el principito, y porque en aquella comunidad, con el cariño entre ellos y la fe en Dios, se quedaban unidos. Satanás ya había terminado su guerra contra ellos, y con su fe lograron derrotarlo.

Me contaron que, mientras el Sacerdote, los dos Obispos y el Cardenal oficiaban las pláticas y daban sus bendiciones, no hubo ráfagas de desastrosos vientos ni temibles rayos. Las lluvias torrenciales y el granizo del tamaño de canicas ya no se hicieron presentes. Todo fue normal, como unos meses antes, y el sol iluminaba el destruido pueblecillo. Aunque ya tenían ayuda para reconstruirlo, aún seguía casi igual de destruido. El lindo bebé, a quien ya podían llamar "principito", no chilló al recibir el agua bendita sobre su cuerpo, ya no abrió los ojos como llamas y tampoco sacó la lengua como serpiente.

Me contaron que todos estaban admirados y sorprendidos, pues se sentían seguros de que Dios ya se había quedado con ellos y los estaba protegiendo de toda maldad. Confiaban en que Dios nunca los abandonaría, y que su fe continuaría con ellos por el resto de sus vidas. Por fin podían estar en paz, aunque con dolor y tristeza por sus familiares que murieron debido a la maldad del principito y también por la pérdida de muchos de sus animalitos, sus casas y pertenencias. Pero, con la ayuda de Dios, podrán recordar todo como si hubiera sido un sueño o una pesadilla difícil de olvidar.

Me contaron que el principito tenía los ojos color miel y la lengua normal, como cualquier otro niño. Todos decían que era **hermoso, como un principito**, el niño del que todos hablaron desde el primer segundo de su vida. Ese niño que creyeron sería la felicidad de aquel lugar, pero que, a pocas horas de su nacimiento, de haber llegado a esta vida, a la tierra que deseaba destruir, comenzó a mostrar la furia de su maldad y su placer al verlos sufrir. Algunos lo vieron cuando, lentamente y en murmullos, pronunciaban sus últimas palabras, pidiendo a Dios que los llevara con él, mientras sufrían bajo la despiadada maldición. Por poco más de tres semanas, les destrozó su felicidad, sus hogares y su paz. Cobardemente, a algunos les arrebató la vida, junto con centenares de animalitos, que también pagaron con sus vidas la terrible maldición de Satanás. Satanás se había convertido en el principito del mal, que solo descendió a la tierra para burlarse de la fe y la bondad de aquellas personas, cuyo único "pecado" era tener la fe que compartían entre ellos, algo que profesaban como un desayuno diario. Con envidia y poder, el demonio quiso destruirlos con cruel maldad.

Me contaron que la gente ya se había calmado y solo se escuchaban las oraciones y bendiciones que ofrecían el Sacerdote, los dos Obispos y el Cardenal. Algunas personas comenzaban a sonreír y a convivir con los demás. Al terminar la reunión, el Sacerdote, los dos Obispos y el Cardenal decidieron salir a bendecir a las personas que no pudieron asistir debido a su salud, ya que aún estaban malheridos. Invitaron a los presentes a acompañarlos en su caminar y, para aquellos que aún no se recuperaban del todo, cuyas heridas del cuerpo no habían cicatrizado, les recordaron que las torturas sufridas fueron muy profundas y terribles, lo que hacía que algunos caminaran con dificultad o apenas pudieran levantarse de donde estaban sentados o recostados.

También me contaron que caminaron durante algunas horas, bendiciendo las destrozadas callecillas y las pocas casas destruidas que lograron soportar la maldad del principito. También visitaron las tumbas de todos los fallecidos y los lugares que usaron como cementerios para enterrar a los centenares de animalitos que también perdieron la vida debido a la despiadada furia del principito del mal, quien, después de burlarse de ellos sin ninguna compasión, los masacró.

Me contaron que fue la madre del principito quien preguntó al Sacerdote, a los dos Obispos y al Cardenal cómo supieron que su hijo había sido el mensajero de Satanás, enviado para destruir la fe de esa población y arrebatar la vida de algunas personas y de los centenares de animalitos que también murieron debido a la perversidad de su hijo. El Sacerdote fue quien respondió. Dijo que tuvo un sueño en el que una señora alta, delgada, con un vestido blanco y algo despeinada llegó a su puerta y le comentó lo que estaba ocurriendo en esa comunidad, pidiéndole que, por favor, viniera en su ayuda, que este pueblo lo necesitaba. No le dijo exactamente qué era lo que necesitaban, solo le suplicó que viniera. Cuando despertó, se dio cuenta de que había sido un sueño, porque estaba acostado y no había ninguna señora junto a él, pero se dijo: "Este no es solo un sueño, tiene que ser verdad". Y se dijo: "¡Este debe ser un mensaje de Dios!". Sabía que unos días antes la comunidad estaba sufriendo por las desastrosas lluvias, y sin dudarlo un segundo, decidió venir a ver lo que estaba ocurriendo.

Me contaron que el Sacerdote llegó a caballo, porque dejó su coche en la otra población más cercana a esta comunidad. Le dijeron que su coche no podía entrar debido a que los caminos estaban destrozados. Alguien de esa población le prestó el caballo con el que apareció por primera vez en aquella destruida población.

Me dijeron que el Sacerdote comentó que nunca dudó en venir a ayudarlos. Había creído que, al menos, podría darles valor para seguir adelante con sus vidas y su fe. Mientras el Sacerdote les relataba su sueño, algunos comenzaron a murmurar y comentaron que no había ninguna duda de que fue Dios quien envió a esa mujer para salvarlos, ya que era igual a la que toda la población vio llegar. La descripción que el Sacerdote dio coincidía perfectamente con la de la mujer que apareció unos días después, cuando ya llevaban sufriendo varios días bajo la maldición del principito, que los sometió a terror, furia y muerte sin misericordia, con la peor crueldad que pudieron soportar.

Aún sufrían las heridas, tanto físicas como emocionales, que seguían abiertas y causándoles una inmensa tristeza y dolor.

Me contaron que la señora que descubrió al principito del mal nunca más fue vista ni se supo de ella. Centenares de personas que visitaban el lugar decían que nadie la conocía ni habían oído hablar de ella antes. Fue por esto que el Sacerdote, los dos Obispos, el Cardenal y aquellos que sobrevivieron la maldad del principito del mal, durante la conversación, estuvieron seguros de que aquella alta y delgada mujer era Dios o un ángel celestial enviado por Él. El Sacerdote, los dos Obispos y el Cardenal se veían a sí mismos como fieles servidores, soldados que hicieron lo que Él les ordenó: derrotar al mismísimo demonio que se apoderó del cuerpo de aquel pequeño bebé, y devolver la salud, el amor, la tranquilidad, la paz y la fe a todos los que sobrevivieron a la terrible masacre del principito del mal, para que ya no siguieran viviendo su desastrosa maldad. Era en sus berrinches cuando comenzaba el castigo torturador, la despiadada masacre para todo ser viviente de aquella población.

Me contaron que todos creyeron que sí fue Dios, pero en el cuerpo de la señora, o que realmente fue un ángel celestial enviado por Él, quien regresó al cielo para seguir cuidando y bendiciendo a todos los sobrevivientes de la masacre, desatada sin piedad ni misericordia por el principito del mal. Desde el infinito divino, por mandato de Dios Padre, el ángel seguiría cuidando de la humanidad y de todos los seres vivos que existen en esta bendita tierra, protegiéndolos de cualquier otra travesura, despiadada jugarreta u otra perversa maldad que Satanás quisiera desatar contra ellos.

Me contaron que, después de que el Sacerdote, los dos Obispos y el Cardenal terminaron de bendecir a todos y todo lo que sobrevivió a las despiadadas masacres que el principito del mal desató sobre su pueblo y su fe, la gente hablaba de la tragedia como si hubiera sido una historia, una pesadilla de un mal sueño. Pero en realidad, seguían teniendo esa experiencia profundamente arraigada en sus almas y tatuada en su piel, una trágica realidad que vivieron y sufrieron, y de la que casi nadie pudo escapar. Era una devastadora pesadilla de la que querían convencerse a sí mismos de que solo fue una historia o una horrible pesadilla. Los sobrevivientes, junto con los animalitos, pasaron por una noche terrible que no fue más que una jugada cruel del destino, que casi los destruyó por completo. Decenas de personas y animales aún mostraban en sus cuerpos el daño sufrido por tan terrible maldad.

Me contaron, que al poco tiempo, un par de horas después, las gentes se juntaron en la iglesia, entre todos cooperaron, que hicieron una comida, con lo poco que les quedó, para darles las gracias y la despedida al Sacerdote, a los dos Obispos y al Cardenal, que sirvieron de soldados de Dios, guerreros de batalla, para derrotar al mismísimo Satanás, que convertido en un principito, bajó desde el mismo infierno para tratar de destrozarles su vida y su fe. Pero Dios siempre estuvo con ellos, y el demonio, con toda su furia y su diabólico placer, nunca derrotó su fe.

Me contaron algo muy increíble y humanitario, una verdadera caridad o admiración y respeto a los animalitos sobrevivientes de aquella devastadora masacre. Algo que llena de orgullo a todos los sobrevivientes y que todos los visitantes, al conocer la tragedia, admiran y respetan con gran orgullo. A pesar del hambre que tenían y la necesidad de alimento, no mataron a ningún animalito sobreviviente para comérselos. Muy al contrario, los consideraron sagrados. Toda la población sobreviviente se prometió protegerlos y cuidarlos como una bendición o un recuerdo, hasta que sus vidas, por sí solas, se acabaran. Es por eso que los miles de visitantes que llegan a la comunidad, cuando hablan con ellos, los admiran y respetan.

Me contaron que se fueron del destruido pueblo el Sacerdote, los dos Obispos y el Cardenal. Las personas que se habían ido de la población, las que sí pudieron escapar por el temor a la maldición del principito del mal, regresaron para tratar de reconstruir sus vidas y sus hogares. Muchas otras personas que ya no vivían allí o que trabajaban fuera de la población también regresaron, junto a todos los que lograron soportar la terrible masacre del principito del mal. Todos juntos se reunieron en el lugar donde vieron por primera vez a la Señora Dios, el ángel celestial enviado por Él. Allí fue donde se pusieron a rezar y a darle las gracias a la que ellos llaman la Señora Dios, que vino desde el cielo a protegerlos, bendecirlos y cuidarlos del mismísimo demonio, que por un largo tiempo los masacró. Pero Dios vino a ayudarlos, y con su infinito y divino poder vino y lo derrotó. Con su poder y fuerza divina, al mismo infierno de donde vino, a Satanás lo regresó.

Se sabe que en el mismo lugar donde la Señora Dios apareció, la gente del pueblo, junto con otras personas de otras comunidades, se prometieron hacer una peregrinación, rezando desde la iglesia hasta donde se apareció por primera vez la Señora Dios, un día a la semana, el mismo día en que ella apareció. Creen que con estas oraciones sus almas y su pueblo seguirán protegidos con la bendición de Dios, para que a Satanás ya no se le ocurra regresar a intentar hacer otra de sus maldades.

Me contaron que hubo visitantes que les preguntaban por qué a la pequeña iglesia que construyeron, donde ella apareció por primera vez, la llamaron Señora Dios. A lo que la gente contesta que se pusieron de acuerdo en llamarla así debido a que el ángel que llegó por primera vez a ayudarlos vino en forma de mujer. Para nombrar a Dios en su honor, decidieron llamarla la Señora Dios.

Se sabe que entre toda la gente de esa comunidad y otras personas, hicieron un hermoso jardín con una pequeña iglesia en el centro, donde hay una imagen de la Señora Dios. Le pidieron a un escultor de la misma comunidad que la hiciera, para colocarla en ese lugar y venerarla como símbolo de su fe. La comunidad se prometió que cada año celebraría una fiesta patronal en honor a la Señora Dios, a la cual invitarían a comunidades que quisieran participar.

Así como todo en la vida pasa, también los días, las semanas, los meses y los años han pasado desde que en aquella comunidad de Dios se sufriera la fatídica y malévola masacre, la malvada e indiscriminada tragedia que Satanás, en forma de un precioso bebé, desató. A ese bebé, al que todos llamaron "el principito" al nacer, a los pocos días de nacido comenzaron a llamarlo "principito del mal", porque creyeron que él fue el causante de la peor tragedia de la que se tiene conocimiento en la historia de esa gente, una tragedia que creen no ha ocurrido en ningún otro lugar o nación del planeta.

Se sabe que, para honrar y recordar a la Señora Dios, el hermoso jardín que cuidan las personas de esa comunidad y de otras lleva su nombre. Esto los hace sentirse felices de su fe y de su pueblo, y dicen que se sienten como mensajeros de Dios, ya que muchas personas que escuchan su historia los consideran un ejemplo vivo a seguir. Esas personas han recuperado su fe perdida en Dios y en todo lo que desean hacer, viviendo sus vidas y trabajos con entusiasmo y alegría. Por eso, cuando visitan el jardín donde está la pequeña iglesia con la imagen de la Señora Dios, todos rezan y alaban, pidiendo la bendición de Dios para que les dé salud y para nunca dejar de creer en su divina bondad.

Se sabe que la gente del pueblo y personas que vienen de otros poblados le pidieron al sacerdote que vino en su ayuda por primera vez que se quedara a atender las dos pequeñas iglesias. Entre todos le suplicaron y lo convencieron, como un símbolo de respeto y en honor a la bendición recibida de Dios. ¿Qué mejor que el sacerdote, uno de los soldados que derrotó al demonio, para ser un historiador en sus misas y hacer que los visitantes se sintieran más inspirados en su fe y creencias, viéndolo a él como un ejemplo a seguir? Es por eso que, desde hace algún tiempo, vive en esa comunidad y fue elegido como un mensajero fiel de Dios. Con su presencia, Satanás no se atreverá a intentar otra de sus jugarretas.

Me contaron que siguen la tradición de la peregrinación, desde la iglesia que ya tenían hasta la pequeña que construyeron en el jardín, donde está la imagen de la Señora Dios. Cada año hacen fiestas religiosas en su recuerdo, con varios mariachis y bandas musicales que cantan canciones o recitan poesías. Muchos cantantes, poetas, escritores y mariachis ya le han compuesto obras a la Señora Dios y a los soldados que derrotaron a Satanás en aquella difícil batalla. El mismo sacerdote, junto con los dos Obispos y el Cardenal, quienes fueron los soldados de Dios, oficial las misas. Con la fuerza de su fe, lograron derrotar para siempre al demonio que se había apoderado del cuerpo y alma de aquel precioso bebé.

Me contaron que el gobierno del estado, en colaboración con el gobierno municipal y federal, declaró a la población en total destrucción. Por eso, el mismo gobernador del estado, por órdenes del presidente de la república, fue personalmente a ver cómo podía ayudar. Cuando llegó a la población, vio que estaba totalmente destruida. El gobernador habló con el presidente y le contó lo sucedido, mientras por vía satélite le enviaban imágenes de la destrucción. El presidente de la república, al ver las imágenes, dio la orden de enviar ayuda. Al día siguiente de la llegada del gobernador, enviaron recursos materiales de construcción, maquinaria y algunos arquitectos, quienes les construyeron casas nuevas a todos los habitantes de esa sufrida población.

Me contaron que la gente, los que sobrevivieron a la malévola tragedia, estuvieron muy emocionados cuando el gobierno y la gente de otras poblaciones les brindaron ayuda. Fue una ayuda muy bienvenida, y los pobladores, en cada misa y celebración, les dan las gracias a todos. En las salidas y entradas de la población, colocaron grandes placas de material, con rótulos grabados en agradecimiento por su valiosa ayuda.

Me contaron, y también pude ver en mi visita, que les abrieron una clínica gratuita para que los heridos siguieran recuperándose. También les dieron ayuda económica para que compraran cosas personales, como ropa, muebles, camas, y cobijas, que les fueran necesarias para recuperar lo perdido. Les donaron tractores, fertilizantes y pesticidas para cultivar sus tierras, además de decenas de vacas y sementales para formar una cooperativa y aumentar la cría de ganado. Muchas personas de otras poblaciones les trajeron centenares de otros animalitos como regalo: gallinas, guajolotes, chivos, borregos. Les regalaron decenas de otros animales para que sus vidas cambiaran y para que pudieran olvidar la pesadilla que vivieron.

Me contaron que creen que ya casi todo el mundo conoce su tragedia y sus creencias, ya que han visto llegar a decenas de turistas de naciones lejanas. Tal vez sienten curiosidad o el deseo de conocer y convivir con el recuerdo que la gente cuenta cada vez que se les pregunta. Ven a esas personas irse muy diferentes, emocionadas, con una alegría que nunca antes habían experimentado. Muchos escriben lo que preguntan y lo que se les responde, mientras otros graban las preguntas y respuestas con sus celulares y cámaras de fotos y videos.

Todos los sobrevivientes aseguran que hacen un esfuerzo por no recordar la malvada pesadilla, el placer divertido que Satanás se dio con ellos durante algunas semanas, burlándose cruel y despiadadamente de ellos. Se convirtió en un hermoso bebé que bajó desde el mismísimo infierno para, con su maldad, tratar de exterminarlos en su fe y en sus vidas. No solo se burló de la gente, casi acaba con todo lo que allí tenía vida. Muchos de ellos aún llevan huellas imborrables en su cuerpo y todos las tienen en sus almas. Sin embargo, con su fe en Dios, han logrado no sufrir al recordar la terrible maldición de aquel demonio convertido en un principito, un principito del mal. Ahora que Satanás se ha escapado de su cuerpo y de su alma, el principito, junto con su madre, también visita las pequeñas iglesias y recorre las mismas callecillas donde ocurrió la inolvidable tragedia, a la que llamaron: LA TRAGEDIA DEL PRINCIPITO DEL MAL.

FLORES DEL CAMPO RECOGIÓ

Flores del campo que ella recogió, es una historia muy triste y cruel, la cual es muy diferente a todas las otras escritas por reconocidos escritores o novelistas que vivieron en los tiempos en que casi todo ser humano creía en supersticiones, creencias satánicas, brujerías y otros rituales perversos del demonio.

Esta historia que hoy escribí tiene el deseo de llegar a todos los corazones y quedarse dentro de ellos, de quienes tengan la amabilidad de leerla o el enorme gusto por la lectura. Muchas personas usan la lectura como una medicina para el estrés y el relajamiento, que sirve para dejar de pensar en cosas desagradables cuando se sienten frustrados por los problemas que enfrentan en la vida.

La historia trata sobre una jovencita, quien, desde los escasos cinco años hasta su misteriosa desaparición, fue víctima de infames acusaciones. Como resultado, era cobardemente agredida, despreciada y humillada por personas supersticiosas de algunas comunidades donde vivía.

Nadie sabe cómo la pequeña niña poseía un espíritu divino, probablemente de una anciana que la cuidaba y protegía de personas perversas que deseaban desgraciar su vida. Todas esas personas recibían un cruel castigo tan perverso como lo que querían hacerle, encontrando una muerte horrible al intentar cometer sus fechorías. Los pobladores, sin embargo, consideraban estos castigos crueles e inhumanos, creyendo que esas personas no los merecían. A lo largo del tiempo, el odio hacia la niña fue creciendo hasta que desapareció de manera misteriosa, y nadie supo cómo sucedió.

Es una historia que, como les mencioné, si estuviéramos unos 120 años antes de este siglo XXI, podríamos decir que fue real, que todo lo que se dice en ella fue verdadero, y que tragedias como esta ocurrían a menudo. Hoy en día, pocas personas creen en estas cosas, pero la historia parece tan real que podría haber ocurrido en este siglo XXI. Sin embargo, solo es una historia ficticia que espero de todo corazón sea de su interés. Mi idea fue hacerla lo más creíble posible, por eso la situé como si apenas hubiera ocurrido en este siglo. La protagonista es una jovencita de apenas 25 años, cuya vida, desafortunadamente, estuvo marcada por la maldición desde su nacimiento. Su destino fue trágico desde su primer respiro, comenzando su sufrimiento a los escasos cinco años. Desde entonces, vivió una vida de martirio, crueles torturas y dolor. Al quedar sola, fue protegida por un alma celestial, el espíritu de una anciana que la cuidó desde que era recién nacida, rescatándola de los crueles abusos de personas malvadas que querían someterla para saciar sus instintos diabólicos.

Las personas que no pudieron someterla la acusaron de ser el mismísimo demonio o de tener un pacto con él. Los pobladores creían que solo había venido a este mundo a sufrir, y así lo consideraron cientos de personas que la conocieron. La maldecían desde su niñez, mientras la despreciaban y la criticaban con odio y rencor. Estas personas crueles y perversas, llenas de odio, hablaban de ella con desprecio.

Esta jovencita, desde niña, fue cobardemente agredida y humillada. Las personas la despreciaban, criticaban y la sometían a insultos con palabras salidas de sus sucias bocas. Se unían en grupos, como lobos salvajes cazando a una presa, para humillarla simplemente porque era huérfana, sin nadie que la cuidara o la apoyara. No tuvo a nadie que le diera un consejo, ni quien la guiara para resolver los problemas difíciles que enfrentaba.

Desde la muerte de la anciana que llegó con ella a la comunidad, solo un joven y una mujer, a quien todos consideraban la loca del rancho, eran de vez en cuando su única compañía. Nunca tuvo una mano amiga que la protegiera o la ayudara a no caer en los tiempos difíciles. Peor aún, cuando estaba enferma, no tenía a nadie que le ofreciera siquiera un vaso de agua. Siempre fue vista con desprecio, burlas y odio.

Se cree que estas personas la odiaban tanto que decenas de ellas se unían para tratar de asesinarla, querían lincharla y desaparecerla de esta tierra. Sin embargo, en su juventud parecía estar protegida por un poder sobrenatural, un ángel celestial que la salvaba de todas las maldades que se planeaban en su contra. Las atrocidades que planeaban los psicópatas pervertidos que deseaban dañarla terminaban en desgracia para ellos, y por esto los pobladores creían que ella era el mismísimo demonio o que tenía un pacto con él. Por eso pensaban que debía ser sacrificada, torturada y masacrada. Muchos decían que deberían quemarla viva, pues eso era lo mínimo que se merecía.

Era tanto el pavor y odio que le tenían, que un día les resultó lo que todos le desearon, lo que entre todos le hicieron, la crueldad que para ella prepararon, la despiadada tortura que le dieron, la vida a la que la condenaron. Un día, centenares de asesinos unidos quisieron arrebatársela, pero no lo lograron. De una forma muy misteriosa, desapareció de esta tierra, de la vista de todos esos cobardes que, sin ninguna consideración o motivo, solo por sus estúpidas creencias, la odiaban.

Tal vez sea como una leyenda o un mito, pueden llamarla como quieran, ya que nadie de esas comunidades donde ella se crio sabe darle un verdadero significado a lo ocurrido. Muy pocas personas se atreven a comentar lo sucedido, posiblemente porque en su alma tienen el remordimiento de la maldad que hicieron y temen que su espíritu, desde donde esté, venga a cobrarles venganza, ya que en vida no pudo defenderse de tanta maldad que le causaron, de las despiadadas torturas a las que la sometieron. Como un conejito asustado cuando un águila o una serpiente lo quiere devorar, solo pudo correr a esconderse, siendo esa su única salvación.

Así como hay centenares de leyendas y de historias que la gente relata, muchas de ellas han ocurrido en algún lugar con el paso de los años. Algunas de estas llegaron a suceder en la vida real, en una ciudad, un rancho, en caminos y callejones rurales, donde una persona fue cobardemente masacrada o se suicidó, y se cree que sus almas vagan sin reposo, sin poder encontrar la paz que necesitan en su otra vida.

Estas historias o leyendas hablan de todas las desgracias que ocurren en el planeta. Algunas de ellas se dice que suceden en pueblos destruidos por guerras, bombardeos con explosivos de alta potencia que destruyen todo a su paso, o por desastres naturales como huracanes o terremotos, que ocurren en cualquier país del mundo. Grandes escritores o productores de cine o novelas las dan a conocer a través de sus relatos, recaudando información relevante que las personas sobrevivientes les cuentan sobre cómo ocurrieron las tragedias y, en algunos casos, cómo están sobrellevando el dolor de tan terrible pesadilla que vivieron.

Pero, como les dije antes, esta historia no es nada de eso. Es muy diferente a todas esas de las que ya se ha hablado, que decenas de veces has escuchado o leído en algún libro o periódico. Todos los que vivieron esos días están seguros de que con esta realidad convivieron, y ahora, después de lo ocurrido, hablan entre ellos de cómo lo vivieron y cómo están reconciliando la pesadilla que construyeron.

Voy a comenzar el relato de esta escalofriante y cruel historia causada por personas malvadas. Es una historia que le sucedió a esa joven, casi desde su primer día en la tierra. Una tarde muy calurosa, la jovencita, de la que hoy comentaremos, llegó a esa comunidad, con apenas cinco añitos, acompañada de una anciana mujer. Para su desgracia y la de su vida desafortunada, allí empezó todo.

Nadie sabe realmente de dónde vino ni por qué vino acompañada de una mujer muy anciana, que nunca le dijo a nadie la verdad sobre su origen cuando llegó a esa ranchería. Cercana a la ranchería, en una casa abandonada, la anciana decidió quedarse a vivir, y así fue durante exactamente veinte largos, calurosos y polvorientos años.

Era tan solo una pequeña niña linda, posiblemente de escasos cinco años, pero nadie lo sabe con certeza. Según lo dijo la anciana, unos cuantos días después de haber llegado a la ranchería, la señora murió por deshidratación debido al inmenso calor de la región. Algunas personas que la vieron partir, cuando dejó de existir, contaron que la anciana, en su último aliento, les pidió por favor que criaran a la niña, creyendo que esas personas eran bondadosas.

La niña estuvo en una casa por unos días, como una arrimada, pero al sentirse despreciada y humillada, al ver que en esa familia no había lugar para ella, que no recibía el cariño ni la compasión que necesitaba, en su instinto de supervivencia, en su pequeñita alma, decidió que quería ser libre como el viento. Quería sentir que volaba como una paloma en las corrientes de aire fresco de las mañanas y en las calurosas tardes. A pesar de ser tan pequeña, pareció darse cuenta de que viviría encerrada, cumpliendo un castigo que no merecía. Por eso no se quedaba en ningún lugar. Las personas a su cargo no querían tenerla, decían que era rebelde y que no les obedecía, que no querían hacerse responsables de ella ni cuidarla. Fue por eso que nadie, en realidad, se preocupaba por esa linda niñita. Sola se adaptó a su cruel vida, a su cruel destino, como una ardillita o un gatito salvaje que sobrevive a su maldición.

Sola, a pedradas y con palos, como podía, se protegía de la gente malvada que le quería hacer daño. Como no tenía a nadie que se compadeciera de ella, nadie deseó darle un cálido hogar. Por eso, su refugio era la vieja casa abandonada a la que llegó junto con la anciana, a las afueras de la ranchería. La mayor parte de su vida la pasó sola, sin que nadie se compadeciera de ella. Nadie la visitaba, sola jugaba, dormía y se quedaba.

Con nadie platicaba, pues en realidad no hablaba. Se comunicaba por señas o murmurando cuando pedía ayuda o algo para comer. Con sus manitas y balbuceando, lo expresaba. Debido a esto, las personas y los niños se burlaban de ella cuando intentaba decir o pedir algo. No solo los niños se burlaban de ella, también las personas mayores se reían. Para burlarse aún más, caminaban e imitaban su manera de hablar, pues para su mayor desgracia, tenía un piecito lisiado que arrastraba un poco. Parecía que para ellos, humillarla era su alimento de cada día. La criticaban por su aspecto, por cómo se vestía, cómo comía y cómo se peinaba. Para todos, humillarla y despreciarla era más agradable que tomarse un café por las mañanas o disfrutar de un refresco con un pedazo de pan en la plaza. Tanto para niños, mujeres como hombres, ella era la diversión cuando la veían. Eran tan perversos que, entre todos, hombres, mujeres y niños, la golpeaban cruelmente, la aventaban de un lado a otro como si fuera un objeto y se burlaban de ella.

Perversos y humillantes insultos recibió durante muchos años de su vida. Desde que se quedó sola, después de que la anciana murió, ya no tuvo compañía. Así, desde que era solo una niña, fue creciendo sola, transformándose de una linda niña en una bella muchachita, hasta llegar a ser una hermosa jovencita. Casi nunca se peinaba ni cambiaba de vestido, pues solo tenía uno, que hacía tiempo había encontrado en la basura. Esto era motivo de insultos por parte de algunas personas, mientras otras la maldecían con cuanto podían decir sus bocas.

Tal vez no quería ser elegante porque se sentía feliz en su mundo. Era alegre, libre como el viento, y así quería vivir su vida. Quizás no tenía dinero para comprar un peine o ropa de lujo y a la moda, y ninguna de las personas cobardes que la criticaban se lo regalaba o le ofrecía trabajo para que pudiera ganárselo. Es más, tenerla cerca les molestaba. Para muchos que la miraban con desprecio, ella no merecía compasión. Con gran alevosía y maldad la insultaban.

Una tarde calurosa, la anciana que la protegía enfermó por una cruel deshidratación y, para el malvado sufrimiento de la niña, aquella anciana murió. Para esa niña, la vida inocente de huérfana fue difícil, indeseable y miserable, no porque ella lo pidiera o lo mereciera, sino por la crueldad despiadada de la gente que se lo daba. Tal vez por eso, para poder ser un poco feliz, día tras día se bañaba en los ríos y canales, y paseaba por los campos floridos recogiendo flores del campo.

Sola, sin compañía de nadie, como un perrito olvidado o un conejito salvaje, se paseaba por los campos y por la orilla de los ríos. Vagaba por las soleadas, sucias y polvorientas calles, sucia, despeinada, con el mismo vestido de siempre y muriendo de hambre. A veces la gente, para humillarla, le daba cosas tirándoselas al suelo, para que las recogiera, y como hambrienta que era, las devoraba. Así se le veía casi todo el tiempo.

Sola se quedó en esta vida, y sola vivía. Sola parecía ser feliz, porque sola se le veía, bañándose en los canales y charcos, jugando con el agua. Recorría varios kilómetros de callejones y carreteras, saltando y murmurando que cantaba, sonriendo contenta, a veces descalza y con el intenso calor. En los pliegues de su vestido llevaba flores del campo que recogía para llevar a la tumba abandonada de aquella anciana.

Varias veces enfermó y pasó cientos de días sin probar bocado. Casi todos la criticaban, la juzgaban, la humillaban y la condenaban a una vida cruel y miserable, pero nunca tuvo la más mínima compasión de nadie. Nadie la ayudó. Solita salía de sus problemas, porque a nadie, absolutamente a nadie, le importaba esa linda niñita.

Aun siendo una niñita, cuando recogía flores del campo, cuatro sujetos despiadados, cobardes y perversos psicópatas mentales se burlaban de ella, intentando quitarle la ropa. Quizás su perversa imaginación les hacía pensar en otras cosas, tal vez saciar sus instintos malévolos con su cuerpo. Se divertían con morbosidad, aunque vieron a la pequeña aterrada de miedo por cómo la trataban. Más se burlaban de ella y manoseaban su cuerpo, pero esos asquerosos nunca imaginaron que la justicia divina, tal vez desde el cielo o desde lo alto de una montaña, les castigaría. Un coyote que por esos campos existía, ese día paseaba por allí, y como si supiera lo que hacía, defendió a la pequeña e indefensa niña. Como todo animal salvaje y bravo, con dientes y uñas, la protegió, como si defendiera a su cría. Aquellos malvados hombres, tal como eran cobardes, recibieron su merecido de parte del valiente coyote.

El pavor de aquellos malvados fue tanto que, aunque algunos quisieron escapar corriendo del miedo, de nada les sirvió. Aquel valiente y feroz animal los atrapó en su huida, y de manera despiadada, les dio muerte. Cometida su venganza, el coyote regresó junto a la pequeña, quien aún aterrada por el susto causado por esos pervertidos, se quedó temblando. Como si le dijera "¡No te preocupes, estoy para defenderte!", el coyote le acarició la carita con su lengua y se deslizó por sus piernitas. Así, llorando del susto, recomponiéndose el vestidito, la niñita solita en el campo, derramando lágrimas por aquel cobarde ataque, lloró su tristeza.

Debido a lo sucedido a los psicópatas depravados, decenas de hombres fueron en busca de cazar a aquel misterioso animal. Cuando encontraron a los cuatro perversos cobardes destrozados y muertos, salieron con perros y poderosas armas a cazar al coyote. Lo buscaron por semanas, y aunque se escuchaba por las noches o durante el día aullar en los valles, montañas, ríos y canales, nunca lo encontraron. Finalmente, cansados, se rindieron. Nadie fue testigo de lo sucedido, por lo que nunca culparon a la pequeña niña. Sin embargo, desde entonces, algunas personas la acusaron de tener pacto con el diablo, y por miedo a que fuera verdad, dejaron de molestarla por mucho tiempo.

Con el paso del tiempo, la niña fue creciendo, y cada vez se ponía más linda, más hermosa. Su cuerpo era perfecto, su cintura, cadera, pechos y estatura provocaban la envidia de muchas jóvenes y mujeres de esas rancherías. En sus rostros se notaba la envidia que le tenían.

Los cobardes que la miraban hablaban de ella con morbosidad. Tal vez la hermosura de esa jovencita les molestaba, por lo que la querían menos. Lo que esas perversas personas no entendían es que ella nunca pidió ser mujer, y su belleza le estaba causando problemas. Era deseada por algunos desquiciados, aborrecida y maltratada por jovencitas y mujeres que la envidiaban. Su belleza era natural; no necesitaba maquillajes caros ni perfumes para sentirse mujer, ni vestía ropa cara, zapatos o collares de lujo. No necesitaba de nada, la naturaleza se lo había regalado. Los zapatos y el vestido roto que llevaba los había encontrado en un basurero. Pero como la muchachita era bella, todas las mujeres solteras, casadas, viudas o divorciadas de las rancherías cercanas se sentían celosas de ella. Como siempre, en los chismes de mujeres, la acusaban de sinvergüenza o de ofrecida con los hombres, afirmando que llevaba una vida fácil, que por unas monedas o por pervertida disfrutaba de su lujuria con cualquier hombre.

Nada de lo que le acusaban era verdad. Aunque no tenía a nadie que la protegiera, ella sabía bien de las calumnias de las que la acusaban y cómo librarse de ellas. Nadie la apoyaba, eran solo rumores, porque nunca se le comprobaba nada. Siempre seguía sola; a nadie tenía en su vida y a nadie le importaba. Por eso, cada día se encontraba en las aguas limpias y cristalinas de los ríos, donde la belleza de su cuerpo se reflejaba cuando se bañaba.

Fue una linda niña, y casi seguía siéndolo. Había cambiado un poco, ahora era una hermosa jovencita, y su cuerpo estaba transformándose. Era tan linda como las mariposas, tan bella como las flores del campo que recogía. Por eso algunos hombres la deseaban y algunas mujeres la odiaban. Quizás ella no sabía de hombres, porque no los deseaba o no los quería. Ella era feliz en su soledad, porque solita había nacido, solita se quedó en la vida y solita, con sus sufrimientos, penas y dolores, lo vivía todo. Solita se curaba sus heridas cuando se lastimaba o caía. Solita vino a este mundo, y sus sufrimientos, tristezas y desgracias los vivía sola.

La niña que un día fue, en pocos años se convirtió en una preciosa muchachita, que sola enfrentaba sus problemas, sus tristezas y alegrías. Caminaba los senderos que la vida le mostraba, con la inocencia de su juventud y su valentía, resolviendo sus dificultades, fueran fáciles o difíciles. Parecía que a ninguna persona le importaba la pobre jovencita. Solo las flores del campo conocían su tristeza o su alegría. Así era su vida, y así pasaban los días, muchos meses y algunos años. Pero aquella jovencita, que era despreciada, con humildad y una sonrisa en su carita, enfrentaba a todos los que se burlaban de ella. No le importaba que la humillaran, cuando le arrojaban desperdicios de comida o cuando algunos malvados le arrojaban cosas a la cara o al vestido. Como todos los cobardes, se burlaban de ella en jauría, como lobos asesinos.

La vida para esa jovencita nunca fue fácil, pues dondequiera que alguien la mirara, de un insulto o de algún abuso la indefensa jovencita sufría. Fue por eso que, una noche, alguien quiso tenerla a la fuerza cuando ella, en su casa abandonada, dormía. Nadie supo qué pasó, pero creen que aquel misterioso animal, el mismo coyote, de nuevo apareció, y nuevamente defendió a la preciosa jovencita de ser ultrajada, tal vez asesinada. Como fiera salvaje, defendió a la indefensa jovencita. Aquel cobarde asesino, al ver al animal que quería atacarlo, como un animal asustado, olvidó su intención de abusar de la hermosa jovencita. Tal vez, de lo asustado que iba corriendo, no se dio cuenta de que estaba en un potrero, y al toparse con una cerca, rebotó contra ella. Las púas del alambre le hicieron enormes cortaduras en el cuello y en la cara, y, como piel de víbora, quedó atravesado y estrangulado en el alambre, bien muerto se quedó. Ese fue el precio de su cobardía, que con su vida pagó.

Todo esto parece una leyenda, porque la verdadera realidad nadie la supo. Tal vez la jovencita nunca lo contó, posiblemente por miedo a que no le creyeran o la acusaran de su muerte. Quizá para ella era difícil explicarlo, porque no se lo comentó a nadie, ni ninguna persona lo platicó. Lo que sí se supo fue que a ese cobarde lo tuvieron que sepultar en un hueco en el panteón.

Cruel fue la juventud de su vida para esa hermosa jovencita, pues nunca pararon las torturas ni las humillaciones de todos los pobladores de esa comunidad y de otras cercanas. Con insultos o golpes, a carcajadas y con maldad, siempre la trataban, y a más no poder se burlaban de ella. Algunos hombres, con cinismo, le agarraban sus partes íntimas, y como dementes celebraban su cinismo, como si fuera una partida de dominó. Pero nunca pensaron, porque no se dieron cuenta, que la justicia divina, de la misma forma cobarde con la que hicieron su maldad, les cobraría su pecado. Por la noche, sufrían de una enfermedad que les paralizaba el cuerpo. Su piel parecía como si se hubiera cocinado en aceite y se les derretía. Manchas moradas como tumores les aparecían en partes del cuerpo, que luego se reventaban y sangraban. Debido a su piel tan delicada, no podían curarlas. Con el paso de los días, con su miserable vida, poco después, al no poder curarse ni comer o beber nada, no pasaron demasiados días hasta que, con una lenta agonía, un terrible martirio y sufrimiento, pagaron su cobarde actuar con su vida.

El pánico se apoderó de los hombres y de algunas mujeres también, pues decían que tal vez ella tenía poderes divinos o que posiblemente Satanás la cuidaba y la ayudaba a escapar de sus perversidades y de las despiadadas torturas a las que querían someterla. Pero la verdad es que todos le temieron. Todos los que la maltrataban, con recelo, la evitaban cada vez que la veían pasar por las calles. Muchos no querían saber nada de ella, pues el solo hablar de ella, como aún la odiaban, les hacía sentir que algo como hielo o lumbre les pasaba por las venas. El miedo se apoderaba de ellos. Solo recordarla los atemorizaba. Por eso algunos hombres y mujeres corrían como serpientes asustadas. Como dice un refrán muy popular en México: "el miedo no anda en burro", pero estos pobladores, aunque anduvieran en avión, ya le temían. Era por eso que, cada vez que ella llegaba a la ranchería o dondequiera que la vieran, cuando recogía flores del campo o visitaba el cementerio del poblado para llevárselas a la tumba de la anciana que la cuidaba desde que nació, ya nadie la molestaba.

La hermosa jovencita pronto se dio cuenta de que ya nadie la soportaba. Por eso, muy pocas veces venía a la ranchería. Las personas de la ranchería ya no se interesaban en ella. Casi todos le temían, y hasta el mirarla les hacía pensar que algo malo les podría pasar. Fue por eso que ya nadie la molestaba. No supieron qué comía ni cómo vivía, pues no sabían si se enfermaba, porque aparentemente se le veía sana. De vez en cuando, iba a los basureros a buscar desperdicios de comida que otros tiraban, y eso era lo que ella, de vez en cuando, se comía.

La tristeza, el abandono, la desdicha de ser huérfana y vivir sola eran para ella muy crueles y tormentosos. Le era difícil vivir como ella lo deseaba, pero con esfuerzo y voluntad, se podía decir que lo poco que tenía, lo que comía, con lo que sobrevivía, no era su vida deseada. Apenas le alcanzaba para sobrevivir a tan crueles desprecios y humillaciones de parte de todas las personas que la conocían. Algunas veces, cuando no bajaba a la comunidad, tuvo que aprender a cazar para poder atrapar algunos lagartos, pescados y ardillas, que, debido al hambre que a diario padecía, era lo único que se comía.

Como presa o como animalito sin dueño, otra vez fue abandonada. Pasó gran parte de su triste vida hundida en la depresión y en una terrible soledad, pues estaba decepcionada. Por su belleza, era envidiada y criticada. Por prejuicio, la condenaban a una vida miserable. Con nadie se comunicaba, y en las muy pocas veces que salía a la ranchería o que veía a alguien, solo una mujer a quien llamaban "la loca de la ranchería" era su única compañía. Esa loca, que también era humillada y maltratada, era la única que la visitaba con cariño y la ayudaba en todo lo que podía. Algunas personas, que le tenían pavor, solo la miraban cuando salía para ir a visitar la tumba abandonada de la mujer que en otro tiempo la protegió. Orgullosa, brincando y cantando, sonreía mientras recogía flores del campo. Aunque brincaba como una chivita juguetona y se zangoloteaba por todos lados, las flores que llevaba en las nagüetas nunca se le caían.

Posiblemente su vida, muy poco o casi nada, ya no le importaba, porque casi todo el día se la pasaba abrazada sobre la tumba de aquella anciana mujer que la cuidaba. Poco se le veía en las pocas partes que visitaba, cada vez la veían menos. Solo rara vez, cuando iba al río para bañarse o cazar algún pez, lo poco que podía comer para sobrevivir, era lo que a veces se comía. Con sus suaves manos, con una divina sensualidad, acariciaba todo su perfecto cuerpo mientras se bañaba con calabacilla campestre. Algunos que la veían casi desnuda quedaban con el recuerdo de la belleza de su cuerpo y su aroma, que nunca se les borraba de la mente. Como eco, ese recuerdo se quedaba con ellos. Pero, aunque la deseaban, ningún hombre fue valiente para acercarse a ella y hablarle. Tal vez fue por miedo, o quizás por simple cobardía, quedándose con sus falsos prejuicios, vanidad y tonta creencia.

Quizás era demasiado hermosa para ellos, y como no hablaba, les resultaba difícil entenderla. Nunca pudo hablar ni fue a la escuela, ya que hasta los maestros de esos poblados también se creían los chismes y eran cómplices en criticarla y ofenderla. Como verdaderos cobardes desquiciados, también se burlaban de ella. Esa era otra razón por la que nunca aprendió a leer ni a escribir, para poder comunicarse con ellos mediante palabras.

Como una criminal o una sarnosa pulguienta, por las personas de aquella ranchería siempre fue tratada. Tal vez había una fuente divina que, cuando estaba en peligro, algo extraño y poderoso la defendía de la maldad de los cobardes. Por eso la criticaban y hasta de bruja la acusaron, condenándola a una vida peor. Nadie pudo, o quiso, entender que ella no pidió tener ese poder. En realidad, nunca se daba cuenta de que algo misterioso la salvaba de la crueldad, y mucho menos de que estaba destinada a ser una linda niña que, con el tiempo, se convertiría en una bella jovencita, y luego en una guapa y hermosa mujer. Esa fue una de sus peores maldiciones: que por la belleza de su cuerpo la condenaran. Los hombres, aunque la deseaban, por sus tontas creencias preferían decir que la odiaban. No tenía a nadie en su vida que la protegiera, solo parecía tener esa bendición que del cielo le llegaba, para salvarla del peligro cuando algunos desquiciados querían aprovecharse de ella.

De nada le servía a esa joven mujer ser tan hermosa, pues con casi nadie convivía. Solo se relacionaba con la loca y un niño de aquella ranchería, quienes, a pesar de que sus padres se lo prohibían, llegaban hasta la casa de la joven. A señas se entendían con ella. Tal vez por eso, en momentos de tristeza, el niño la acompañaba, porque se sentía feliz con ella, le parecía agradable y se divertía. No le importaba que sus padres se molestaran o lo castigaran por ello. Así, durante largo tiempo, ellos dos fueron quienes convivieron con la bella joven. Mientras tanto, los demás pobladores de las rancherías, por miedo y prejuicio, la seguían condenando cobardemente. Quizás a la hermosa joven desamparada las otras personas no le importaban, y por eso ella tampoco los buscaba. Posiblemente en su corazón también los odiaba con la misma intensidad, pero con la compañía del niño y la loca, los tres eran felices, olvidándose de todo cuando juntos veían a la joven recoger flores del campo.

No era la bruja que algunas personas decían, no era el demonio ni mala como creían. Más bien era bondadosa, una carismática jovencita, una buena mujer. Pero las tonterías de la gente, la superstición de personas tontas que, incluso en estos tiempos, siguen creyendo en cosas satánicas como brujería, hechizos y cualquier tontería que alguien se invente y transmita a otros incrédulos, que fácilmente se dejan engañar, hicieron que nunca quisieran entender que la jovencita era amable y bondadosa. El niño y la loca lo sabían con certeza, pues con ellos era siempre muy agradable. Nunca se molestaba con ellos, siempre se esforzaba para que le entendieran, aunque el niño y la loca parecían expertos en esa clase de comunicación de señas y gestos. Esa era la forma en que la hermosa jovencita se comunicaba con ellos. Además, era generosa, como el niño y la loca aseguraban. Recogía fruta y semillas del campo, y las dejaba en los caminos para que alguien las recogiera. Muchos creían que se le olvidaban allí, y las tiraban al suelo para pisotearlas, creyendo que así le hacían daño, o se las llevaban pensando que se las estaban robando. Creían que esa era una maldad que le estaban causando.

La gente poco quería hablar de ella, y lo poco que comentaban era solo para llenarse de orgullo, diciendo cualquier tontería que se les ocurriera. Si alguien la nombraba, era solo para insultarla, y los demás, como rezando un rosario, seguían la letanía. Para todos los que la recordaban, era más agradable insultarla que disfrutar de un buen café o una taza de buen chocolate en una fría mañana. Los celos que sentían por la hermosa joven carcomían las almas de decenas de mujeres y jovencitas. Por eso a nadie le preocupaba, mucho menos la querían o la aceptaban en sus vidas. Nadie quería compartir nada con ella ni acogerla en sus casas. Cuando algunos le daban algo, lo hacían solo para burlarse de ella, arrojándoselo a la cara o al vestido, sin la más mínima piedad, porque todos la odiaban y no le tenían ningún respeto o compasión.

Los desprecios, las burlas, las maldiciones, los maltratos, las habladurías y cuanta maldad se les ocurría, aun con el temor que le tenían, nunca parecían terminar, nada parecía cambiar. La perversidad, en todos los que la conocían, la llevaban en sus venas como si fuera su sangre o un tatuaje en su piel. Con gran rencor hablaban de ella, pero un día inolvidable para muchos, especialmente para una madre, todo cambió. De no ser porque la joven mujer puso en riesgo su vida por una criaturita que, por descuido de su madre, estuvo a punto de ahogarse en las corrientes furiosas del río, la tragedia habría sido inminente. La madre, que no estaba observando, apenas se dio cuenta cuando las corrientes arrastraban a su hija. La joven mujer, a la que todos humillaban, por bendición o destino, pasaba por allí, pues ya era costumbre para ella andar cerca de los ríos. Fue así como en esos momentos estaba allí. Más sorprendida aún fue la madre, ya que, aunque la joven no hablaba, le gritaba con desesperación. Cuando la madre intentó agarrar a la niña en el agua, al pisar una piedra, se resbaló, y la corriente arrastró a la bebé aún más lejos. La madre fue a rescatar a su hija, pero también fue arrastrada por las fuertes corrientes, y, desesperada, ya no podía ver a su pequeña.

La mujer que presenció el aterrador descuido y otras que también lo vieron no entendieron cómo la joven, a la que todos maldecían, sin pensar se lanzó a las fuertes corrientes del agua. Como un pez, nadaba encima de ellas y, a varios metros río abajo, pudo agarrar a la niña y la rescató. La madre, atrapada entre unas piedras y aferrada a unas ramas, pedía ayuda a gritos, muy asustada porque su vida también estaba en peligro. Por fortuna para la madre, o quizás como una lección del destino, fue una gran prueba para que recapacitara sobre su maldad hacia la joven, quien arriesgó su vida por la de ella y la de su hija. Desde ese mismo instante, la loca de la ranchería, que pasaba por allí buscando a la hermosa joven, fue quien recibió a la niña en brazos. Mientras tanto, la joven, sin importarle su propia vida, volvió a lanzarse a las salvajes corrientes del enfurecido río y, sin temor a la muerte, rescató a la madre sana y salva.

El amor y el cariño, como todo lo material, a veces tienen precio. Para esta despreciada mujer, su vida tuvo un precio, un precio muy peligroso, que ni ella misma imaginaba, ya que podría haberle costado la vida si las corrientes del furioso río la hubieran arrastrado y acabado con ella. Al lanzarse contra las furiosas corrientes, lo hizo con la esperanza de que algo cambiara en su vida, de que alguien al menos le diera las gracias. Poco a poco, empezó a ganarse la confianza de la señora a la que rescató y de su familia. Esto sirvió para que, al menos, esa familia dejara de insultarla y maltratarla, pues eran los que más la humillaban cuando la veían pasar cerca de su casa. Sin embargo, el amor y la poca confianza que en ella depositaron duraron muy poco. Era tanto el odio que le tenían a la jovencita, que no tardaron mucho en convencer a la familia de despreciarla de nuevo, volviendo a unirse con los demás para humillarla y condenarla a la miserable vida que entre todos le estaban dando.

Malvadas y humillantes eran las creencias de esos miserables pobladores de esa comunidad y de las cercanas. Todos se unían solo para inventar cuanto prejuicio o maldad podían hacerle a la humilde jovencita. Una vez más, le adornaron con una nueva calumnia, y la persona que la inició tuvo un gran impacto, logrando transmitirla a los demás tontos que, fácilmente, en sus macabros cerebros la aceptaron como verdad. Acusaron a la joven de la desgracia, diciendo que fue ella la culpable de que la niña y su madre casi se ahogaran. Tuvieron la genial idea de decir que lo hizo para ganarse su confianza y luego planear más desgracias en su contra. Decían que no creían que fue una casualidad que ella estuviera allí, que rescatara tan fácilmente a la niña y a la mujer, y que no le pasara nada. Decían que era el demonio quien la ayudaba a rescatarlas. Inventaron tantas cosas que, finalmente, convencieron a la familia que estuvo en peligro de ahogarse. Todos les comentaban, les imploraban que les creyeran, diciendo que solo querían ayudarla para que, cuando se ganara su confianza, algún día ella les quitara la vida. Tanto insistieron que lograron convencerlos, y con esa tonta creencia en sus cerebros se quedaron.

Torturador y cruel ha de ser para las personas de aquellas comunidades cargar tanto odio y desprecio hacia la bella joven, llevar como veneno toda esa perversidad en sus venas y en sus cuerpos. Ser capaces de tan perversas infamias, malvadas calumnias con las que a la pobre jovencita la acusaban. Pues un día, por otra maldición que en esa comunidad ocurría, se acusaba a la linda jovencita. Los malvados pobladores la acusaron de ser la responsable de que una criatura naciera desfigurada y a los pocos minutos de haber venido a la vida muriera. Según los pobladores, ella había mirado a la mujer antes de que su criatura naciera, y con su presencia junto a ella, había desfigurado al bebé en el vientre, y al nacer, se burló del dolor de la madre.

Para todas las personas de aquellas rancherías, el odio y el rencor hacia la bella joven era como una epidemia. Las injustas calumnias que le inventaban hacían que el desprecio hacia ella fuera mayor que la sangre que recorría sus cuerpos. Definitivamente, unas mujeres decidieron terminar con su vida. Para ellas, el hecho de que la niña naciera desfigurada y muriera era motivo suficiente para asesinarla. No solo eso; algunas inventaron que la joven se había acostado con sus esposos, y por eso decidieron ir en busca de ella para reclamarle. Pero en el camino, una vez más, el espíritu de aquella anciana la salvó. Aquel misterioso animal, convertido en un furioso coyote, como la fiera que era, se les atravesó en el camino y no las dejó pasar. Al ver al animal, asustadas como serpientes, mejor se regresaron. Como todas las cobardes, llegaron a sus casas, y del susto que traían, cerraron las puertas junto a sus hijos, temiendo que el furioso animal las siguiera y las devorara.

Para esta hermosa joven, el tiempo y las maldades en su contra nunca se detuvieron. Por prejuicios de la gente tonta, incluso llegó a estar en la cárcel. Unas malvadas personas la acusaron de envenenar a sus animales, y los cobardes, a la indefensa joven, la señalaron como la culpable. Los oficiales que la arrestaron, por órdenes de sus acusadores o tal vez por crueldad o prepotencia, la amarraron de pies y manos, golpeándola con sus armas y patadas como si fuera una verdadera criminal. A la fuerza la aventaron en una camioneta, arrojándola peor que una bolsa de basura. Así, como todos unos cobardes, se la llevaron. Los acusadores, como si se tratara de un cumpleaños o de un trofeo ganado, celebraron allí mismo con unos cartones de cerveza que llevaron. Por varias horas festejaron, hasta que se les acabó la cerveza.

Aun en el camino, la suerte de la indefensa joven no mejoró. Su destino nuevamente le jugaba en contra. Era salvajemente humillada, y su mala suerte parecía no tener fin. Los cobardes policías se reían y burlaban de ella con hipocresía y cinismo, festejando con alevosía. Los malvados le manoseaban sus partes íntimas, y entre risas diabólicas, psicópatas, le golpeaban la cara y la escupían, burlándose de cómo estaba vestida y de cómo se veía.

Durante poco menos de dos semanas, la hermosa joven estuvo en la cárcel, viviendo de manera miserable. Los guardias la humillaban a placer, dándole muy poca comida o agua. Lo poco que le daban, se lo arrojaban en la cara. Nadie se preocupaba por su bienestar. Solo uno de los comandantes se metía en su celda y, con alevosía, le quitaba la ropa a bofetadas por todo el cuerpo, exigiéndole que dijera la verdad sobre el envenenamiento de los animales. Pero como todos los cobardes, solo se burlaba de ella. Cuando se salía de la celda, le arrojaba la ropa con odio a la cara, satisfecho con su salvajismo. En varias ocasiones la escupía antes de salir, riéndose, y le decía a sus colaboradores que no le dieran de comer ni de beber, que la bañaran con agua sucia para que aprendiera que nadie se burlaba de él.

Inmensas fueron las torturas que le infligían a esa joven. El comandante y dos policías le escupían en la cara y el cuerpo, golpeándola con sus armas y contra la pared cada vez que la visitaban en su celda. La dejaban casi muerta en el piso. Ninguno de los otros policías ni las personas que allí trabajaban mostraban compasión, aunque presenciaran los abusos. Todos miraban, pero nada les importaba. Solo una anciana que limpiaba los pisos, de vez en cuando, hablaba con ella. Pero como la prisionera no hablaba, no le podía decir nada. La bondadosa anciana, cuando los oficiales no miraban o no estaban, le dejaba algún plátano, una fruta o algo de comer en su celda, a pesar de que la habían amenazado de muerte si le daba algo. Eso era lo único que comía: lo que la bondadosa anciana podía darle.

De gravedad por el hambre y las despiadadas torturas que la hermosa mujer recibía, tuvieron que llevarla al hospital de emergencia por órdenes de un doctor. La anciana que hacía el aseo de los pisos fue quien la reportó al doctor, y sin pensarlo, el bondadoso doctor se dirigió a la cárcel para rescatarla. Sin pedir permiso, el doctor y la anciana fueron a la celda de la joven desvanecida para verla. En ese momento salió el comandante y, con coraje, les gritó que no se acercaran, pero el doctor lo confrontó y le dijo que tenía que entrar a verla. Muy amable, le pidió que abriera la reja, pero el comandante se enfureció, queriendo acobardarlo para que se fuera. Sin embargo, el doctor no se acobardó y le insistió que, si no abría la reja, lo acusaría ante otras autoridades o los derechos humanos. La discusión se acaloró, y el comandante le decía que la dejara allí, que se muriera encerrada como cucaracha o una rata, porque eso, según él, era lo que la joven se merecía. Con rabia y odio, el comandante le gritaba al doctor que se largara, que no era nada suyo para defenderla, que no tenía por qué entrometerse. Incluso le sugirió que fuera a la ranchería a preguntar por qué nadie la quería o por qué la odiaban.

El doctor no fue ningún cobarde, y el comandante no logró asustarlo. Le insistió en que le entregara a la joven porque su deber era ayudarla y curarla, pero el cobarde comandante se negaba. El doctor, ya muy enojado, le dijo que la entregara por las buenas o por las malas. El comandante se enfureció aún más y, junto con sus policías, intentaron sacarlo a empujones. Pero el doctor los enfrentó y, muy molesto, les repitió que abrieran la reja o, si algo más grave le pasaba a la joven desvanecida, los acusaría ante una corte federal por lesiones, daños físicos, crueldad y abuso. El comandante, fingiendo amabilidad, cambió el tono de su voz y lo tomó del hombro, caminándolo unos pasos mientras le decía: "Doctor, este no es su problema, no se entrometa. Le conviene mejor que se vaya". El doctor no se acobardó y le quitó la mano del hombro. Luego, sin miedo, puso su mano en la espalda del comandante y, con la misma voz fingida y con hipocresía, empujándolo hacia la reja, le susurró al oído: "Comandante, abra esa reja, por su bien le conviene. Si no quiere ser usted quien termine encerrado o en una cárcel federal del estado". El comandante, regresando a su tono original, lleno de desprecio, odio y coraje, maldiciendo a la joven y maltratando al doctor, rabiando como una rata peleando, abrió la reja de la cárcel.

El doctor, al ver a aquella preciosa prisionera tirada en el suelo sucio, corrió sin pensarlo hacia ella. Con sus manos la levantó un poco, acomodándola entre sus brazos y piernas. La observó durante un momento y, al ver lo desvanecida que estaba, sin dudarlo, la tomó entre sus brazos. Aunque el comandante y sus policías trataron de impedírselo, sin escucharlos, la sacó de la sucia y fría celda, la subió a su coche y se la llevó. Mientras el comandante y sus policías, llenos de rabia, se quedaban en la cárcel, el doctor conducía a toda velocidad hasta su hospital. Arriesgando su vida y la de otros, iba llamando por celular para avisar a sus colegas que se prepararan. Varios doctores y enfermeros ya esperaban a la joven desvanecida, y de inmediato la internaron en una sala de emergencias.

Por unos días, la joven estuvo en cuidados intensivos, recuperándose poco a poco del cruel y despiadado martirio al que había sido sometida. Mientras tanto, el comandante, junto con sus policías, buscaba a la anciana para cobrarle cuentas. Sabían dónde encontrarla, ya que la habían despedido de su trabajo como barrendera en la cárcel. Cuando la encontraron, la golpearon por unos minutos hasta que la asesinaron. Después, arrojaron su cuerpo a un drenaje de aguas sucias en forma de laguna que estaba junto a ellos, creyendo que nadie los había visto. Pero lo que no sabían era que, aunque ellos no lo miraban, alguien los estaba observando. Esta persona, escondida en un lugar que los cobardes no podían ver, fue testigo de todo. Sin embargo, al darse cuenta de que eran policías, tuvo miedo y no se atrevió a decir nada.

En el hospital, la joven estaba muy bien cuidada, pues con amor y paciencia, los doctores, enfermeras y enfermeros la trataban con gran cariño y respeto. Para ellos no era difícil comunicarse con ella, ya que lo hacían a través de señas, que los doctores y enfermeras conocían y practicaban.

Un día, el cobarde del comandante, junto con sus policías, vino al hospital, insistiendo en querer llevarse a la joven desamparada de vuelta a la cárcel. Los doctores y el personal médico no los dejaban ni siquiera acercarse a ella, mucho menos arrestarla. Esto provocó varios enfrentamientos y discusiones dentro del hospital entre el comandante, sus policías y todo el personal médico. Estaban decididos a ejercer la fuerza y su voluntad, por lo que, un día, intentaron llevarse a la indefensa joven por la fuerza. Entraron en su cuarto y, de manera cobarde, intentaron esposarla. Sin embargo, los doctores, enfermeros y otros miembros del personal lo evitaron, a empujones y golpes. A la fuerza, sacaron al comandante y a sus policías, como ratas sarnosas, del hospital, pero no sin antes recibir amenazas verbales ofensivas por parte del comandante y su gente. El personal médico no se acobardó y, como cobardes que eran, los arrojaron a la calle.

Los conflictos entre el personal médico y el comandante, junto con sus ayudantes, no terminaron allí. En otra ocasión, nuevamente hubo acaloradas discusiones, ya que querían llevarse a la joven arrestada para que "pagara lo que debía" por lo que, según ellos, había hecho. Algunos doctores les dijeron que si había una deuda, ellos la pagarían, pero el comandante les contestó que ese no era su problema, que nadie podía ayudarla y que la cárcel era el lugar donde debía pagar su deuda. Dijo que, con o sin permiso, iban a arrestarla y llevarla a la cárcel, donde debería estar encerrada.

Con gran odio en su alma y con sarcasmo, el comandante gritó que la dejaran morir allí, y que después de muerta la arrojaran a un basurero o a una barranca. Esto provocó aún más indignación en el personal médico y de seguridad, quienes los obligaron a salir del hospital o ser sacados a la fuerza. Esta vez no hubo necesidad de pelear, y debido a tantos enfrentamientos, los doctores, junto con sus abogados, decidieron demandar al comandante y a sus ayudantes en una corte federal.

Cuando llegó el día del juicio, el comandante y su gente intentaron defenderse, pero las lesiones, los daños físicos y mentales que infligieron a la joven estaban registrados en los expedientes médicos y en fotografías, las cuales fueron presentadas como pruebas. Además, se les acusó de lesiones contra el personal médico, invasión y destrucción de propiedades ajenas, y abuso policial contra ciudadanos. A la corte también asistieron los familiares de la anciana que lavaba los pisos, quienes acusaron al comandante y sus hombres de su asesinato, ya que ya sabían que ellos la habían matado.

También llegó a la corte la persona que vio al comandante y a sus policías cuando mataron a la señora y la arrojaron al drenaje. Declaró ante la corte y los acusó. Al verse acorralados, uno de los policías, a quien el comandante maltrataba, fue quien confesó la verdad sobre la muerte de la anciana. Contó que, junto con su comandante, la interceptaron en una calle, le dieron un golpe en la cabeza que la dejó indefensa, y la subieron a la fuerza a su camioneta. Luego la llevaron a una zona cercana, donde la golpearon hasta matarla. El policía declaró que él y su compañero la sujetaron de pies y manos, pero fue el comandante quien la masacró a golpes. De esta forma, el personal médico ganó el juicio, y la joven fue puesta en libertad. El juez le impuso una multa de casi ciento cincuenta mil pesos, la cual sería devuelta cuando el caso del envenenamiento de los animales fuera investigado y aclarado.

Benditos fueron esos días para la desafortunada joven, que semanas antes todo parecía estar en su contra. Parecía el final de su vida, tras las crueldades que su cuerpo y su alma habían recibido. Pero ese día, y los anteriores, fueron días de luz en su camino. Finalmente, alguien pudo ayudarla y comprenderla, sin que fuera humillada o despreciada. Esos días fueron imborrables en la vida de todos, pero más aún para la preciosa joven, que fue rescatada de una cruel masacre cuando su vida parecía ya terminada.

Tal vez, su destino en ese momento no era morir, su historia no había llegado a su fin. Su sufrimiento, su martirio, su maldición y su calvario aún estaban lejos de terminar, pero en esos momentos todo era una bendición, un descanso para la muy humillada jovencita. En esos instantes, muchas personas la estaban apoyando. Entre doctores, enfermeros y otros miembros del personal médico que asistieron a la corte, junto con los abogados, rápidamente se organizaron y recaudaron el dinero para pagar la multa. Fue así que pudieron llevarse a la hermosa jovencita, ya que no fue detenida. Una bendición llegó a su vida, pues ahora no había verdugos junto a ella que la condenaran a una vida cruel y despiadada. Los verdugos que la torturaron quedaron encerrados en una celda de la corte.

Los acusadores fueron acusados, y los que juzgaban y condenaban fueron juzgados y condenados. En esa misma corte, el comandante y sus ayudantes fueron arrestados y llevados a una celda. Allí, como los cobardes que eran, fueron encerrados.

Ya que todo había terminado, los doctores llevaron nuevamente a la joven al hospital para que continuara su recuperación, pues algunas de sus heridas aún no se habían curado por completo. La debilidad que tenía la hacía vulnerable a infecciones, y los doctores lucharon para salvarla de esas severas infecciones, que creían que, si no la hubieran tratado en ese momento, un día más habría sido fatal para la jovencita. Su vida habría terminado en amputaciones o, peor aún, en su muerte. Tal vez los miserables policías nunca la habrían llevado a un hospital, y dentro de las rejas, donde la tenían encerrada, su joven vida habría llegado a su fin.

Unos días después, la hermosa joven ya se había recuperado. No del todo, pero al menos su vida, en cuanto a su salud, ya no corría peligro. Aún no estaba completamente recuperada de sus problemas físicos, pero los doctores aseguraron que ya no era necesario que permaneciera allí por más tiempo. En cuanto a los problemas psicológicos causados por las terribles torturas, los doctores especialistas aseguraron que sería muy difícil sacarlos de sus recuerdos. Sin embargo, algunos de ellos se comprometieron a ayudarla, al menos para que tuviera con quién hablar, y si lograban que se recuperara completamente, sería un logro muy importante para ellos. En tono de broma o motivación, dijeron que sería como ganar un trofeo, pues sabían que iba a ser muy difícil que se recuperara totalmente. Si lo lograban, sería algo increíble y un motivo de mucho orgullo, tanto para ellos como para la bella jovencita, quien ya no sufriría esa condena en su alma. No obstante, también estaban al tanto de los problemas de acoso que ella sufría por parte de las personas de su comunidad y de otras rancherías cercanas. Todos conocían bien las maldades que aquella jovencita había recibido, y por eso, sin duda alguna, por cariño y compasión, estaban dispuestos a ayudarla sin esperar nada a cambio, sin que ella se los pidiera, rogara o implorara. Sus servicios eran una voluntad de servir a quien más los necesitaba, y para ellos, estaba claro que ella los necesitaba, por lo que decidieron ayudarla sin poner ninguna condición.

No solo los doctores y psicólogos estaban dispuestos a ayudar a la bella jovencita. Todos los que la ayudaron durante su recuperación en el hospital se comprometieron a seguir tratándola cuando fuera necesario. Los enfermeros y enfermeras también estuvieron dispuestos a seguir visitándola para ayudarla con cualquier problema de salud que tuviera. Los abogados que la defendieron prometieron hacer una investigación exhaustiva sobre el caso del envenenamiento de los animales, el motivo por el cual fue llevada y torturada en la celda donde la encerraron. Los psicópatas que la custodiaban eran los verdugos que la sometieron a severos castigos. Los abogados aseguraron que encontrarían la verdadera razón del supuesto envenenamiento de los animales, y si resultaba ser mentira, aquellos que la culparon tendrían que pagar por esa maldad. Se encargarían de que se arrepintieran de lo que le hicieron a la jovencita, y si la acusación fue inventada para encerrarla en la cárcel, serían ellos quienes terminarían encerrados, al igual que los policías que la arrestaron y la llevaron.

Ahora, la hermosa jovencita no solo tenía una persona que la ayudara. Todos los que la conocieron, tanto doctores, enfermeros, abogados y más personal médico, estaban dispuestos a defenderla, cuidarla y protegerla. Ya no estaba sola. Había encontrado cariño en muchas personas que, al conocer su bondad y dolor, se compadecieron de ella. Por cariño, por su vocación profesional, y porque para eso se habían especializado, todos se unieron sin poner obstáculos ni condiciones.

Como todos sabían que ya no regresaría a la cárcel, ahora había personas que se preocupaban por ella. Por eso, antes de decirle que ya no era necesario que estuviera en tratamiento, todos los doctores, enfermeras y abogados le ofrecieron un hogar. Le expresaron con señas sus deseos, ya que casi todos entendían el lenguaje de comunicación para personas con ese impedimento del habla. Le decían que se quedara con ellos, pero ella, como podía, les explicaba que no podía quedarse porque tenía que cuidar la tumba de la mujer que la había cuidado cuando era solo una bebé. Ellos le respondieron que eso no era problema, que alguno de ellos la llevaría cuando lo deseara. Sin embargo, ella no aceptaba sus invitaciones. Ellos sabían entenderla y, por eso, seguían preocupándose por ella.

Aunque todos le ofrecían su casa, ella no aceptaba. Por más que insistieron, no aceptó nada de nadie. Otros le dijeron que le darían empleo, para que pudiera trabajar y tener su propio dinero, con el cual comprar ropa, zapatos y lo que deseara. También le ofrecieron darle lo que necesitara para comer, pero les parecía muy importante que decidiera quedarse debido al peligro que corría en su comunidad. Ella les contestaba que ya estaba acostumbrada a que se burlaran de ella y la humillaran, pero que el inmenso cariño que tenía por la mujer que la cuidó desde niña era más importante que todo lo que le pudieran hacer. Si la asesinaban, prefería morir en paz sabiendo que había cumplido con su deber.

Empapada en lágrimas saladas, la bella jovencita desamparada no dejaba de llorar. Todos quedaron sorprendidos, casi como robots en shock, al escuchar las explicaciones que les daba. A todos les parecía increíble que esas palabras vinieran de la boca de la jovencita. Algunos creían que las había aprendido de algún modo, pero se preguntaban cómo las había aprendido si cuando se quedó sola era solo una bebé. Nadie pudo haberle enseñado a expresarse de esa manera ni a recordar tales cosas. Les era imposible de creerlo, y les parecía que las palabras que decía estuvieran escritas en una biblia, como si las estuviera leyendo para que ellos pudieran entenderlas.

Las personas que la acompañaban en su cuarto le dijeron que estaban dispuestas a ayudarla para que regresara con ellos. Le dijeron que todos la ayudarían, y que para que no se enfadara por estar en un solo lugar, podría quedarse el tiempo que quisiera con una persona y luego irse con otra. Lo único que no deseaban era que regresara a donde estuviera en peligro o que le hicieran alguna maldad. Ella les replicaba que no le importaba, que si la asesinaban, dejaría de sufrir y su alma se uniría nuevamente con la de la anciana. Estaba segura de que aquella anciana la seguía recordando y que volverían a quererse, que la volvería a ayudar.

La jovencita, en su interior, en su corazón, su alma y su espíritu, anhelaba ser libre como el viento, como las ardillas o cualquier otro animalito salvaje que solo desea correr. Quizá por eso, desde que era solo una bebé, decidió que nadie la cuidara. Su felicidad era imaginarse volando como las aves, extendiendo sus alas y emprendiendo un viaje por todos los horizontes, cruzando valles y grandes montañas, atravesando ríos y lagos sin mojarse. Ella había crecido libre, y por eso, en su alma, no podía estar en una jaula, aunque fuera de oro o hermosos cristales con diamantes finos. No deseaba estar encerrada, pues el encierro podría ser un temeroso destino que pondría fin a su hermosa vida silvestre, donde, a pesar de todo el martirio al que la sometieron y las crueles torturas, su alma era feliz.

La bella joven desamparada ya estaba desesperada, y por eso quiso irse. Sentada en su cama, todos hablaban con ella, pero más bien lloraban, pues sus lágrimas rodaban por sus rostros. Se comunicaban con señas, ya que casi todos conocían ese lenguaje, por lo que no les resultaba difícil que ella les entendiera. A pesar de que se levantaba o caminaba, no la dejaron que saliera del hospital.

La joven dejaba escapar el llanto desde lo más profundo de su alma herida. Todos intentaban comunicarse con ella. Algunos trataban de contenerse para no sollozar, pero no pudieron resistirse. Admiraban el amor y la valentía de la joven, que tanto cariño le guardaba a la anciana que la cuidó cuando era solo una bebé. Algunos la abrazaban, y aunque ella trataba de soltarse, no lo lograba. El cariño que le tenían era inmenso, y tal vez nadie estaba dispuesto a dejarla ir, por lo que le suplicaban que se quedara. Todos sentían que aquella muchachita a la que estaban ayudando merecía una hermosa vida, y por eso se la brindaban. La bondad que sentían por ella era increíble. Unos a otros se admiraban, ya que su alma y su profesión los había puesto en ese destino: ayudar a quien los necesitara. Esa hermosa jovencita ya les había robado el corazón, y para ellos, su necesidad no era una excepción. Por eso, se dispusieron a ayudarla en todo lo que pudieran. Pero cuando se dieron por vencidos y vieron que no lograrían detenerla, y que nadie la había convencido de quedarse, le pidieron que los esperara, ya que algunos de ellos querían acompañarla hasta su ranchería.

Después de casi tres horas de insistencia, el esfuerzo fue en vano. Por más que le rogaron o suplicaron, se dieron cuenta de que no lo lograrían. Algunos de ellos, sin ir siquiera a sus casas, decidieron acompañarla. Los que dijeron que no tenían a nadie esperándolos bromeaban diciendo que ni siquiera piojos o cucarachas los esperaban, porque ni eso tenían. Otros, reconfortados, aunque aún con lágrimas en las mejillas y sollozos que se les escapaban, decían que no tenían ni perro ni gato que les aúlle o que les ladre. Ellos la acompañarían.

Poco después de algunos suspiros y sollozos que no paraban de brotar desde sus almas, ya decididos, comenzaron a retirarse de las salas del hospital para iniciar la salida hacia la ranchería, donde dejarían a la jovencita, esa bella joven que, con su presencia, les robó el corazón y los llenó de suspiros y recuerdos. Parecía que nadie quería comenzar la partida, como si no se atrevieran a irse, no por falta de voluntad para ayudar a la jovencita, sino por el temor de lo que le podría pasar. Sabían que tarde o temprano tendrían que abandonarla por sus trabajos y necesidades. Por eso, tal vez, nadie se atrevía a dar el primer paso, pues en el fondo de sus almas nadie deseaba dejarla. Todos querían que aquella jovencita se quedara con ellos, para que, a salvo de aquellos depravados monstruos diabólicos, no tuviera que preocuparse por que la lastimaran.

Ya en el estacionamiento de los autos, como si aún se ilusionaran con que ella se quedaría, seguían conversando. Pero la joven ya estaba desesperada, y como sabía comunicarse con señas, les exigió que se fueran de una vez, que iniciaran la partida. Fue entonces, presionados por las demandas de la jovencita, cuando comenzaron a subir a sus autos y partieron en caravana hacia la ranchería en algunos de los vehículos de quienes la acompañaban.

Ya en camino, un momento después de haber salido, las súplicas y los ruegos de aquellas carismáticas y amables personas que la llevaban en su auto no cesaban. Desde lo más profundo de su corazón, su deseo era que se quedara con alguno de ellos. Por el camino le insistían, pidiéndole que si se regresaba con ellos, ella les decía que no, porque tenía que llevar flores a la tumba de la anciana que la había cuidado cuando era niña. Estaba segura de que la tumba necesitaba flores del campo, y que llevarlas era su deseo.

Por polvorientos y desiguales, horribles caminos, después de casi una hora de viaje, los acompañantes se sintieron un poco tranquilos por haber llegado, pensando que habían cumplido parte de su promesa. Pero desagradable y cruel fue la sorpresa que se llevaron al llegar: la casa donde vivía la desamparada y hermosa joven estaba destruida y quemada. La gente cobarde y malvada, con leña del campo, la había incendiado, y las viejas paredes que aún permanecían en pie las habían derrumbado. Al ver lo sucedido, tanto la linda joven como los visitantes se quedaron sorprendidos. La preciosa joven se soltó en llanto, desbordada por el dolor tan cruel y miserable que sintió al ver la vieja casona destruida.

Un dolor profundo invadió a los visitantes al presenciar la crueldad de la destrucción del refugio de aquella joven desamparada. Todos, admirados y llenos de rabia por el coraje que sentían, miraban y comentaban lo sucedido, lo que sus ojos confirmaban. Aquellas malvadas personas, con una gran fuerza nacida de sus instintos cobardes, parecían querer destruirla, incluso asesinarla. Los visitantes se imaginaron que los malvados deseaban eso, que en sus guaridas, llenos de odio, la estaban esperando con ansias, como si la llegada de la joven fuera el momento que aguardaban para consumar su venganza.

La hermosa muchachita, al ver su casa destruida en cenizas, se soltó a llorar. Con sus manitas y el llanto de sus ojitos, entre balbuceos y lágrimas que le caían en su linda boquita, parecía hablarle a la crueldad que le habían hecho. La joven no pudo contenerse y, de tanto dolor que tenía en su alma tan destruida, recibió otra herida muy profunda que la terminó de destrozar. El terrible dolor la hizo casi desmayarse mientras algunos miraban a su alrededor, sin poder comprender la maldad y el odio que aquella joven había recibido. Los visitantes, al ver lo que sucedía, no tuvieron ninguna duda de que aquellas personas no eran humanas. Parecían más lobos salvajes que, en manada, la atacaban. Decir que eran lobos hambrientos era poco, pues la verdad es que eran carroñas humanas, monstruos hechos de pura maldad.

Los visitantes no estaban equivocados. Los cobardes del rancho decían que la joven era una maldita bruja, protegida por el demonio, y que por eso debía ser sacrificada y asesinada de la manera más cobarde que sus enloquecidas mentes pudieran imaginar. Sin embargo, ellos mismos eran el demonio, serpientes al acecho de su presa, listas para devorarla en el mínimo descuido. La bella joven y sus acompañantes nunca se imaginaron que algo diabólico se estaba tramando en aquella ranchería, llena de cobardes asesinos y malvados, todos unidos en un complot contra la desamparada joven.

Los "lobos humanos" ya la habían visto llegar, y empezaron a prepararse, rumorando que entre todos la torturarían hasta que, de dolor, pidiera perdón y clemencia por lo que supuestamente les había hecho. Planeaban lincharla y luego quemarla, para que el demonio viera cómo moría una de sus enviadas, una de sus almas en la Tierra. Decían que ese era el precio que debía pagar. Nuevamente, la estaban acusando de algo que ella no había hecho. Aunque no estaba presente, la hicieron responsable de que un niño se hubiera gangrenado el pie y, a las pocas horas, muriera. También acusaron a la joven de que unos cerditos nacieron con deformaciones similares. Para ellos, eso era obra del demonio, y consideraban que la única manifestación del demonio entre ellos era la joven, a quien odiaban con todas sus fuerzas.

El plan de aquellos monstruos ya estaba preparado, listos para ejecutarlo y saciar su sed diabólica. Sin embargo, no pudieron llevarlo a cabo ese día. Caminaban en manadas con rabia, maldiciendo a los visitantes que acompañaban a la joven, frustrados por no poder ejecutar su plan. Para aquellos perversos, el hecho de no poder llevar a cabo su malvado plan era otra señal de que el demonio estaba con ella, o que ella misma era el demonio. Por eso, los visitantes no la dejaban sola. Para desgracia de esos diabólicos habitantes de la ranchería, los visitantes no tenían planes de abandonarla, aunque ellos no lo sabían. Así, ese día, los visitantes estuvieron allí para protegerla, mientras que los perversos salvajes de la ranchería se frotaban las manos y lenguas, esperando ansiosos la oportunidad de ejecutar su malvada intención.

Entre todos los visitantes, consolaban a la joven que unos días antes estaba desamparada. Todos trataron de tranquilizarla, de reanimarla, pero el dolor era tan grande, un castigo tremendo que había caído sobre su noble alma, que le era muy difícil de controlar. Era un sufrimiento cruel y perverso que le resultaba muy, muy difícil de soportar, y los visitantes, con ese martirio, no pudieron ayudarla. Al ver su dolor, su desgracia, su llanto y la inmensa desesperación que cargaba, le prometieron que entre todos le construirían una casa nueva, y entre todos tratarían de ayudarla.

Algunos de ellos fueron a pedir ayuda a la ranchería, pero se llevaron una desagradable sorpresa, porque a todos los que les pidieron ayuda les respondieron con odio, diciendo que no la ayudarían. Algunos, con extrema alevosía y gran orgullo, incluso la maldijeron, afirmando que era lo mínimo que ese demonio merecía, que nadie la quería ver y que todos la odiaban, por lo que nadie la ayudaría.

Aquellos visitantes que fueron a pedir ayuda regresaron con resentimiento, angustia y coraje, molestos por no haber conseguido nada. Les resultaba imposible creer el odio que le tenían a la pobre y hermosa joven. Al regresar donde estaban la joven y los demás, y contar lo sucedido, todos se pusieron tristes al escuchar lo que habían dicho en la ranchería. Nuevamente, sorprendidos y más preocupados que antes, se quedaron pensando qué hacer, comentando que presentían que las personas odiaban a la joven desamparada y que le harían mucho daño cuando la dejaran sola.

El peligro que corría la bella joven al dejarla sola era evidente para los visitantes. Parecía que estaban comprendiendo que aquellas personas no eran humanas, como lo habían visto y oído, cómo se expresaban, cómo la juzgaban, murmuraban sobre ella y la condenaban. Para ellos, los demonios, los monstruos diabólicos, eran esas personas de la comunidad y de las rancherías cercanas que conocían a la humilde jovencita.

Era aterrador para todos los visitantes de la joven pensar en lo peligroso que sería dejarla sola. Temían arrepentirse y lamentarlo por el resto de sus vidas si la abandonaban. Viendo que no podían ayudarla, todos le insistieron en que se fuera con ellos, que se quedara en la casa de quien ella quisiera, que no importaba con quién. Ella les decía que no, que se quedaría allí porque tenía que llevarle flores a la tumba de la anciana que la cuidó cuando era pequeña. Aun así, le insistieron, diciéndole que se fuera con ellos, que allí no tenía casa, que no tenía dónde dormir, que nadie la quería, que todos la despreciaban. Estaban seguros de que algo muy lamentable le sucedería si la dejaban sola. Pero ella les decía que no se iría, que si no tenía casa, dormiría en el suelo, o que se iría a la tumba de la anciana y se quedaría allí encima.

Los visitantes le decían que no tenía cobija, ni ropa, ni con qué cocinar, y le insistieron en que los pobladores de la ranchería la odiaban. Ella les respondía que no le importaba, que ya lo sabía, que nadie la quería, pero que para ella era importante visitar la tumba de la anciana y llevarle flores del campo, porque la adoraba.

La hermosa jovencita, a pesar del cruel dolor que sufría, no dejaba de llorar. Con sus lágrimas saladas que caían en su boca, balbuceaba que, aunque la anciana ya no estaba con ella, nunca la olvidaba, que sentía como si aún la llevara en su alma. Los visitantes, conmovidos por sus palabras, admiraban la nobleza de esa linda muchachita, a la que todos criticaban, juzgaban y condenaban con maldad. Nadie pudo resistirse a sollozar nuevamente. Algunos lloraban con desesperación y angustia, otros, cerca de ella, tampoco pudieron contener el dolor y el sufrimiento que sentían en sus almas por aquella joven. Les era difícil comprender los motivos por los que aquellas personas malvadas la acusaban.

Por largo rato, todos comentaban que la entendían, que era inmenso el cariño que le tenía a aquella anciana de la que hablaba, la que la cuidó cuando era niña. Aunque todos le rogaron para llevársela, ella no cedía. Le prometieron que la llevarían y que la traerían a ver la tumba de la anciana cada vez que lo deseara, pero ni así pudieron convencerla de que se fuera con ellos, porque nadie deseaba dejarla sola, ya que sentían con seguridad que algo grave podría sucederle.

Los visitantes de la joven sentían pena, lástima, angustia, tristeza y desesperación. Tenían miedo de dejarla sola, presentían que algo le harían las personas malvadas de la población. Todos pensaban que, si algo le pasaba por haberla dejado sola, se sentirían culpables. Por eso, le insinuaron y le insistieron una vez más en que se fuera con ellos, porque la podrían matar. Ella seguía negándose, diciendo que no se iba a ir. Casi desvanecida por el llanto y la tristeza, les murmuró y señaló que, si la mataban, tal vez sería mejor, pues así dejaría de sufrir y de que la odiaran tanto sin razón, porque ella no sabía qué había hecho para que nadie la quisiera o la despreciaran con odio y rabia.

A los visitantes se les llenaron los ojos de lágrimas que corrieron hasta sus pechos, tristes por la desamparada joven. Aquello era una muestra más de que la hermosa joven era noble y bondadosa, que tenía amor de sobra para dar. Pensaron que el cariño que le guardaba a la anciana, después de tantos años, era admirable. Algunos comentaban que muy pocos hijos le tenían ese gran cariño a sus madres. Juntos con ella, se abrazaron unos a otros, sin saber qué hacer, preocupados por lo que podría pasarle si no la llevaban con ellos y si sola le ocurría alguna desgracia cuando regresaran a sus trabajos.

Por buen rato estuvieron pensando qué harían. Nadie quiso irse, ninguno quería dejarla sola, por eso, cuando la noche cayó, todos, rodeados de una lumbre, se acostaron cansados en el suelo. Cuando amaneció, ella, sin ellos, se alejó hacia el campo. Algunos que la vieron irse la siguieron, para saber a dónde se dirigía y asegurarse de que nadie se le acercara con malas intenciones. Se alegraron al verla feliz, cuando, con sus delicadas manos, la vieron recoger flores del campo en las enaguas de su vestido, simulando cantar con alegría. Al verla recoger las flores, la siguieron por un camino hasta una carretera. Avisaron a los que se quedaron que irían con ella al cementerio a llevar las flores a la tumba de la anciana que visitaba.

Unas horas después, los que se habían ido con la preciosa jovencita regresaron del cementerio. Todos parecían felices con ella, tanto que hasta de sus trabajos se olvidaron. Juntos fueron a cortar más flores del campo, para que entre todos pudieran acompañarla a visitar la tumba de la anciana y dejarle las flores que habían recogido. Los bondadosos visitantes, con inmenso cariño, nuevamente la acompañaron en sus carros. Por largo rato caminaron, mirando las demás tumbas, mientras unos se quedaron cerca de la joven desamparada. Ella, desde que llegó, se recostó boca abajo sobre la tumba de la anciana, abrazándola, llorando como si le contara su dolor. Algunos acompañantes se quedaron cerca de ella, en silencio, hasta que, después de un largo rato, la joven, que parecía haberse dormido, despertó. Todos los visitantes ya estaban juntos y le preguntaron si ya se iban. Ella les dijo que sí, y nuevamente la acompañaron hasta su casa.

Después de eso, fueron a otro rancho a comprar alimentos, porque pensaron que en la ranchería donde vivía la hermosa joven posiblemente no les venderían nada. En el otro rancho compraron comida, cazuelas, cobijas y todo lo que pudieron. Al regresar al rancho donde vivía la joven desamparada, todos los visitantes, contentos, como si nada malo hubiera pasado, prepararon comida entre todos. Después de comer, algunos corrían por los campos, otros se bañaban en el río o buscaban cangrejos debajo de las piedras, o pescados, divirtiéndose. Unos pasaban el tiempo, otros iban a ver a la joven, caminaban con ella por los campos y la admiraban cuando, contenta, murmuraba y cantaba mientras recogía flores del campo.

Todos temían que algo malo le hicieran a la joven y no sabían cómo hacerle entender que debía irse con ellos, ya que ella no quería y ellos no querían dejarla sola. Mientras pensaban qué hacer, buscaban en qué distraerse hasta que decidieron que alguien debía quedarse con ella. El problema era quién se quedaría. Unas enfermeras mayores decidieron quedarse unos días con ella, ya que no tenían familia que las esperara ni perrito que les ladrara, ni hacían falta a nadie. Decidieron que les llevarían al día siguiente ropa, comida y todo lo necesario para arreglarse, y que rápidamente juntarían lo suficiente de dinero o material para construirle otra casa a la bella joven, que una vez más estaba desamparada.

Así fue como todos se fueron, y solo las dos mujeres se quedaron con ella. Sin embargo, a lo lejos, algunos del poblado estaban observando y vieron que la joven no se quedaba sola. Para los malvados, su plan no pudo llevarse a cabo una vez más. Con la misma rabia que sintieron un día antes, cuando los visitantes la acompañaban, se quedaron rabiando como lobos salvajes adoloridos. A la mañana siguiente, recibieron visita: el niño que antes la acompañaba y la loca de la ranchería llegaron, ambos bien contentos de verla. Los tres se abrazaron como niños, gritando y brincando de alegría por largo rato, hasta que uno de ellos resbaló y los tres cayeron al suelo. Se levantaron y se sacudieron el polvo de sus ropas, mientras las enfermeras que se habían quedado con la joven observaban sorprendidas el cariño que se tenían. Se preguntaban por qué el niño y la señora la querían tanto, mientras el resto de la ranchería la trataba con tanta crueldad y odio.

Las enfermeras se sintieron bien al ver lo felices que estaban los tres, brincando y gritando de alegría tras haberse reencontrado. Los miraron contentos, con los brazos sobre los hombros, caminando juntos. Las acompañantes de la joven los siguieron de cerca y comprobaron lo feliz que estaba la joven con el niño y la loca del rancho. No los interrumpieron, solo los observaron mientras ella, con ellos dos, seguía recogiendo flores del campo.

Mientras la hermosa joven recogía flores del campo, el niño y la loca buscaban chapulines, porque les gustaba jugar con ellos. Así pasaron un largo rato, pero luego vieron un conejito pequeño y quisieron atraparlo. Cuando la loca intentó hacerlo, el conejito corrió y tuvieron que seguirlo. La joven dejó sus flores en el suelo para ir a ayudarles, pero ni entre los tres lograron atraparlo. Varias veces cayeron mientras intentaban agarrarlo, y algunas veces se rasparon las manos y los pies. Por más que lo siguieron, no lo pudieron atrapar. Una de las enfermeras que los había seguido les dijo que se fueran y le sugirió al niño que volviera a su casa, ya que posiblemente sus padres lo estaban buscando. El niño, obediente, hizo el intento de irse.

Así fue, los padres del niño lo estaban buscando, y justo llegaron a donde ellos se encontraban. Los padres empezaron a regañarlo, pero al mismo tiempo ofendían a la pobre e indefensa joven con palabras vulgares y ofensivas. Al ver la injusticia y cómo estaban maltratando al niño y a la indefensa joven, una de las enfermeras les pidió amablemente que, por favor, no los ofendieran. Los padres del niño, con palabras aún más ofensivas, le respondieron a la enfermera que no se metiera, que ese no era su problema y que mejor se callara. Sin embargo, la enfermera, con buen temple, les volvió a pedir que se calmaran.

Esas personas, como fieras rabiosas, finalmente lo hicieron a regañadientes y se fueron, pero no sin antes volver a ofender a la enfermera y a la indefensa joven, quien rompió en llanto y se abrazó a la loca de la ranchería. La enfermera también las consoló y les pidió que se tranquilizaran, asegurándoles que ya se habían ido. De broma, les dijo que los demonios ya se habían ido, mientras hacía cruces en la tierra con los dedos para darles valor y hacerlas reír. Sollozando y riendo, las tres se quedaron abrazadas como niñas, jugando y gritando de alegría, cortando flores del campo por un buen rato.

Al día siguiente, ya entrada la tarde, llegó el doctor que había rescatado a la joven de los abusivos policías que la tenían encarcelada. Con él venían tres enfermeros y dos enfermeras más, junto con tres hombres que traían un camión con material de construcción para construirle una casa a la joven desamparada. Pocos minutos después, llegaron más enfermeros y enfermeras, quienes traían las pertenencias de las enfermeras que se habían quedado. Al verlos llegar, la joven corrió hacia ellos, gritando y brincando como una chiquilla. Cuando el doctor se bajó del carro, ella se lanzó sobre él, tirándolo al suelo, y, como una niña juguetona, le dio varios besos en las mejillas y en la cara. Luego se levantó, dejando al doctor en el suelo hasta que él mismo pudo incorporarse.

La preciosa joven desamparada hizo lo mismo con todos los enfermeros y enfermeras, aunque no los tiró al piso. Todos se sorprendieron al ver la alegría que sintió al verlos. Ellos, a su vez, la hicieron sentir feliz, diciéndole que estaban muy orgullosos de que se sintiera mejor y que le iban a construir la casa que le habían prometido. Antes de comenzar, volvieron a invitarla a que se fuera con ellos, pero nuevamente, en señas, les dijo que no, que no podía irse porque tenía que recoger flores del campo para llevarlas a la tumba de la anciana que la había cuidado cuando era niña.

Entre charlas, risas, bromas y alegrías, la tarde se les fue sin que se dieran cuenta. Poco faltaba para que oscureciera cuando recordaron que tenían que trabajar y descargar el material que habían traído. Algunos no querían ayudar, pero al final, todos decidieron levantarse de donde estaban sentados o acostados en el suelo y, entre todos, descargaron el material del camión. Terminaron rápido, pero como ya era tarde, no comenzaron a construir la casa, decidiendo que lo harían al día siguiente. Algunos enfermeros se fueron al río, mientras que las enfermeras prepararon algo para cenar, esta vez no con leña, sino con una estufa de gas que habían traído.

Ya que la noche había caído, todos se dispusieron a descansar. Unos durmieron en colchones de aire, otros en colchonetas, y algunos simplemente en el piso. Al amanecer, los hombres que habían traído de constructores, junto con el doctor y los enfermeros, empezaron el proyecto para el que habían venido, mientras que las enfermeras preparaban el desayuno y el almuerzo. Después de almorzar, las enfermeras se llevaron a la joven y le dijeron que iban a comprarle ropa y otras cosas. También llevaron a la mujer amiga de la joven. Todo el día se entretuvieron en las tiendas, pero antes de salir y empezar a construir la casa, nuevamente le pidieron a la joven que se fuera con ellos. La respuesta, como siempre, fue un rotundo "no". Al ver su negativa, se fueron con ella y se pusieron a construir la casa. Como no era de paredes de ladrillo, la terminaron el mismo día, con paredes y techo de lámina de acero, y los soportes de madera.

Antes del nuevo anochecer, la obra estaba terminada. La nueva casa para aquella hermosa joven, tan odiada por los pobladores, estaba construida. Al terminar, llamaron por celular para que la trajeran, y también a otros compañeros para que vinieran. No tardaron mucho en llegar, ya que la ciudad a donde fueron no estaba muy lejos. Cuando llegaron con la linda joven, ella se emocionó al ver su nueva casa. Llorando de alegría por la emoción, volvió a abrazarlos, dando decenas de besos a cada uno. Nadie se escapó de sus besos y abrazos. Llorando, como pudo, les agradeció con señas en repetidas ocasiones.

La loca de la ranchería también estaba allí, pues había sido invitada. Ella también lloró de emoción cuando la linda joven le pidió que viviera con ella en su nueva casa. Los visitantes también le sugirieron a la loca que sería bueno que se quedara con la bella joven desamparada. La loca, tallándose los ojos, agarrándose la cara y jalándose el pelo, emocionada dijo que sí, que se quedaría con ella. Llorando de alegría, dijo que así ya no tendría que dormir en las calles o en los basureros. Aún sollozando, se quitó las lágrimas con las manos y, señalando con el dedo, escogió el rincón donde quería dormir. Todos rieron y le preguntaron a la linda muchachita si le dejaría ese rincón. Ella les contestó que sí, y le dijeron a la loca que desde ese momento, ese rincón era para ella.

Unos cientos de metros alejados de allí, el tiempo parecía transcurrir muy lentamente para aquellas malvadas personas, ansiosas por llevar a cabo el macabro y diabólico plan que habían ideado. Los habitantes de la ranchería esperaban con desesperación que las visitas de la bella joven terminaran. Para ellos, el tiempo que los visitantes pasaban allí era demasiado largo; querían que se fueran para poder cometer su macabro delito. Como lobos enfurecidos en una jaula, se encontraban llenos de rabia. Peor aún, como lobos hambrientos tras semanas sin comer, esperaban el momento para destrozar a su presa y saciar su hambre con la víctima. Desesperados y llenos de odio, estaban angustiados porque los extraños visitantes no se iban. Los lobos rabiosos sentían sed de venganza, una venganza tonta, de la cual la preciosa joven nunca fue consciente. Ni siquiera en su imaginación pasó la maldición que allí se había desatado, de la cual era inocente y por la cual se le acusaba cobardemente. Mucho menos pudo imaginar lo que los malvados de la ranchería habían planeado en su contra. Pero, como lobos rabiosos, se tragaban ese mismo odio, ya que los visitantes no se fueron.

La diversión entre los visitantes de la joven, con ella, hacía que las horas y los días pasaran dulces, como la miel de las flores del campo que la bella joven recogía. Paseaban por los campos y los ríos, como niños o aves volando. Sus gritos y carcajadas se escuchaban a lo lejos. Subían a los árboles, se deslizaban por las colinas, recogían frutas del campo y recolectaban piedras de colores en las playas del río o en los campos. Hacían cientos de cosas para pasar el tiempo divirtiéndose. Todo para ellos era juego, diversión y alegría. Por eso, se la pasaban felices todo el día. Algunos salían a las polvorientas calles de la ranchería para comprar algún refresco o para intentar hacer amistades con la gente, pero fueron recibidos con cobarde decepción. Algunos pobladores no les respondían y otros se levantaban de sus asientos en las sillas o bancas. Todos actuaban como si vieran a leprosos o apestosos, y sin decirles nada, los ignoraban. Incluso el tiendero se escondía para no venderles nada.

Parecía que aquellos visitantes también habían sido alcanzados por el odio y desprecio que los pobladores sentían por la linda joven. Cada vez que la veían, la insultaban. Y por eso, cuando los visitantes llegaron a la ranchería a comprar algo de comer o beber, fueron tratados mal.

Descontentos o decepcionados, se regresaban a seguir jugando por los ríos o el campo, y se olvidaban de los insultos y los desprecios que recibían. Incluso se les olvidaba que tenían que regresar a trabajar a la ciudad, de lo contentos que se la pasaban. Pero cuando volvían a la realidad de la despedida, encontraban motivos para quedarse. Unos se iban, pero otros se quedaban. Eso enfurecía a los lobos diabólicos, pues la cacería que deseaban no la podían llevar a cabo. Su macabro y diabólico plan, el festín que esperaban, no lo podían devorar, no lo podían completar. Eso los ponía más furiosos, era como una droga que consumían, a la que eran adictos, pero que no podían usar. Para esas personas diabólicas, cuanto más tiempo pasaba y los visitantes de la bella joven no se iban, más crueles se volvían sus intenciones con respecto a su ansiado y malévolo plan.

Casi tres semanas estuvieron los visitantes de la joven con ella. Unos se iban, otros venían, y la vida para ellos en los campos o los ríos les resultaba muy agradable. El eco de los cerros y los animales que escuchaban sus alegrías en aquellos campos eran testigos. Algunos de ellos nunca habían estado en el campo, nunca habían comido frutas de árboles salvajes ni se habían bañado en las corrientes de un río. Por eso, todo lo que veían les parecía hermoso y divertido. Para ellos, era como si la sangre les corriera más rápido por las venas; decían que aquello era vida nueva, libertad, aire fresco para respirar y vivir. Era como vivir una fantasía de película, como estar dormidos y tener un sueño hermoso. Decían que, debido al trabajo y la vida en la ciudad, no podían disfrutar de esa felicidad que se encuentra en los campos o en los ríos. Como locos perdidos, gritaban que el aire que allí respiraban era salud, vida y felicidad.

Para todos los visitantes de la joven desamparada, aquello era un nuevo mundo lleno de gozo. Pero su alegría no era compartida por los lobos diabólicos, que seguían con la intención de llevar a cabo su macabro plan. Algunos de ellos estaban demasiado ansiosos, sedientos de sangre y hambrientos por destrozar a la indefensa joven, a la presa que tanto deseaban devorar. No les importaba que ella no les hubiera hecho nada, pero los lobos diabólicos de aquella ranchería, por sus prejuicios, la habían convertido en culpable. Por eso, querían cobrarle una supuesta deuda con su vida, linchándola cobardemente. Pero, para bendición de la preciosa muchachita y maldición para los lobos que la acechaban con odio, otra vez se quedaron con las ganas.

Como todo en la vida tiene un final, la fecha para aquellos malévolos y despiadados habitantes de la ranchería se acercaba. Los lobos diabólicos, junto con otros malvados de comunidades vecinas que se sumaron a la cacería, comentaban en sus reuniones que iban a tener paciencia, pues el festín que deseaban lo disfrutarían más cuanto más lo esperaran. El tiempo se acercaba. Poco a poco, los visitantes de la hermosa desamparada joven la iban dejando sola. Los lobos despiadados ya presentían el aroma de su presa en el aire, ya sentían el sabor de la sangre en sus labios. Estaban ansiosos por el festín que disfrutarían, por el placer de verla sufrir. Ese era su macabro y diabólico plan. No querían matarla a balazos o con puñaladas; su orgullo era capturarla viva. El placer para ellos sería verla clamar piedad y misericordia, escucharla gritar y llorar de dolor. En sus diabólicas mentes, ya tenían grabada la forma en que la harían sufrir y agonizar lentamente.

El plan era darle una perversa agonía, demasiado cruel para la bella joven. Algunos lobos, sedientos de venganza, ya tenían las herramientas necesarias para causarle dolor. Se imaginaban viéndola morir poco a poco, desvanecida, tirada en el suelo, sangrando como un conejito recién muerto, destrozado por coyotes o perros furiosos. El rencor y el odio que sentían era tal que su imaginación no les bastaba. Unidos entre todos, se sentían seguros de que celebrarían una fiesta con su victoria.

El macabro y diabólico plan de aquellas malvadas personas de la ranchería llegó al anochecer. Tres de los últimos acompañantes de la bella joven se fueron, dejándola sola. Dos de ellos se sintieron deshidratados por las altas temperaturas de los días anteriores, a las que no estaban acostumbrados. No tenían medicinas ni remedios para aliviarse, por lo que el otro tuvo que llevarlos, dejando sola a la joven. Eso fue lo que los lobos diabólicos aprovecharon. Cuando vieron a los últimos visitantes de la joven marcharse, los lobos, como una jauría, se reunieron en una de sus casas para planear dónde buscarla.

Parecía que los malvados monstruos de aquella ranchería se sentían incapaces de atrapar a la humilde jovencita desamparada. Varias otras personas diabólicas y asesinas de otras rancherías también se unieron a ellos. Hombres y mujeres se juntaron a la cacería, y desde allí planearon dónde buscarla y cuántos grupos harían, para asegurarse de que no se les escapara. Ya tenían reservado el lugar donde terminar con ella. Para ellos, lo más difícil era encontrarla, porque decían que estaba protegida por el demonio, que podría ayudarla a escapar y evitar que se llevara a cabo su venganza. Algunos de los diabólicos creían que la cacería sería fácil, pues sabían dónde encontrarla, conocían los lugares que la desamparada joven visitaba. Otros, sin embargo, no estaban tan seguros de que fuera fácil atraparla, por lo que pidieron ayuda a otras rancherías.

Poco más de trescientos seres perversos y monstruos diabólicos se unieron en su cacería, junto con perros entrenados para el rastreo. Algunos no fueron tras ella, pero sí estaban al pendiente para atraparla, diciendo que harían relevos cuando algunos se cansaran o si alguien se lastimaba durante la cacería. Al ocultarse el sol, decenas de grupos de hombres, mujeres y algunos niños se lanzaron a cazarla como verdaderos lobos sedientos de sangre y maldad. Se dispersaron por los campos, ríos y montañas, decididos a atraparla.

No contaban con que la loca de la ranchería le avisaría a la hermosa joven desamparada sobre el macabro plan que los lobos diabólicos tenían para ella. Cuando fueron a buscarla en su casa abandonada, no la encontraron. Como buitres, se dirigieron a los lugares que la joven solía visitar, pero, afortunadamente para ella, no estaba allí. Por celulares se comunicaban, compartiendo su frustración al no poder encontrarla, lo que los hacía sentirse más furiosos y llenos de odio. Con perros amaestrados, recorrieron los cerros, montañas, ríos, potreros y otras poblaciones cercanas, buscando con desesperación. Aunque ya era de noche, no les importaba; su sed de venganza los tenía poseídos, y con lámparas y linternas continuaron su búsqueda. En su frustración, destruían todo lo que encontraban a su paso.

La nueva casa en la que vivía la joven desamparada fue destruida nuevamente por aquellas bestias diabólicas. Junto con todo lo que la joven tenía, lo que sus visitantes le habían regalado, destrozaron la ropa y la quemaron, celebrando con una alegría macabra. Gritaban enfurecidos, disfrutando de su destrucción y jurando lo que le harían cuando la encontraran. Incluso el lugar donde recogía flores del campo fue devastado sin piedad.

Las horas se volvían desesperantes para aquellos seres despiadados, que no soportaban no encontrarla. Esto solo los enfurecía más, y llenos de odio, continuaron buscando centímetro a centímetro por los campos y el río. Al no hallarla en esos lugares, fueron a otras rancherías, interrogando a cada persona que veían. Para fortuna de la joven, nadie les dijo que la habían visto. Pronto se dieron cuenta de que tal vez la hermosa joven se había refugiado en un lugar que ellos desconocían, un lugar secreto que solo la loca y la joven conocían. Y así era, las dos pasaron casi dos noches y días en ese refugio, saliendo solo por la noche a buscar frutas del campo y agua para sobrevivir. Sabían que estaban en peligro y temían por sus vidas, aterrorizadas ante la posibilidad de ser encontradas.

La frustración desesperante de las personas de la ranchería, convertidas en verdaderos lobos hambrientos, no cesaba. Día y noche continuaban la cacería, buscando en lugares oscuros y ocultos, seguros de que la encontrarían. Creían que, aunque estuviera muerta de sed o hambre, tarde o temprano tendría que salir a buscar agua o comida. Burlándose, decían que la cazarían como a un conejillo, seguros de que un día la atraparían. Algunos incluso insinuaban que era amante de Satanás, que la preciosa joven se prostituía con el diablo, y que por eso él la ayudaba y la escondía.

Tal como ellos ya lo habían planeado, parecían cazadores de recompensas que todo lo sabían. Sabían muy bien cómo tender las trampas, qué arma les serviría mejor, y estaban seguros de que la sed y el hambre serían sus aliadas, pues nadie, ni personas ni animales, puede aguantar demasiado tiempo sin agua ni comida. Esa fue el arma que, desafortunadamente para la joven desamparada y la loca del rancho, trajo su desgracia. Ese día llegó, el día en que se cobraría la deuda por la que se le había acusado. Tal como lo pensaron las despiadadas personas de aquella ranchería, la hermosa y desamparada joven, junto con la loca que la acompañaba en su escondite, salieron una noche no muy oscura. El calor dentro del refugio era insoportable y la sed ya las estaba matando. Cerca de ellas había un arroyo del que solían beber agua, pero ese día, para su desgracia, las vieron.

Al verlas acercarse, los cobardes, escondidos entre las sombras, salieron. Eran unos once los que se lanzaron a atraparlas. No las querían muertas, las querían vivas, pues su plan era linchar y torturar a la pobre joven. Matarla de inmediato no les habría resultado divertido; su verdadera diversión era someterla al castigo que, según ellos, se había ganado y que, con orgullo, habían planeado por tanto tiempo. Quería celebrar su crueldad como si fuera un trofeo.

Como lobos endemoniados, corrieron sin piedad ni conciencia, deseando atraparla. La sed de venganza y odio les urgía. Sin embargo, la joven los escuchó antes de que se acercaran. Del miedo, gritó. Aunque no podía caminar bien debido a que tenía el pie lastimado, y estaba demacrada por la falta de comida y agua, el terror que sentía la impulsó a correr. Como un conejito herido, perseguido por una víbora o un animal salvaje, corrió sin que le importara su pie lisiado ni su debilidad. Corría entre piedras, ramas y varas que golpeaban su rostro, pies y manos. Aunque se caía varias veces, del miedo que la invadía, rápidamente se levantaba, logrando escapar de las enfurecidas y despiadadas personas, de esas bestias asesinas cuyo único deseo era atraparla viva.

Ellos no querían matarla de inmediato, querían martirizarla. Su plan era escucharla pedir perdón, piedad y clemencia, mientras ellos se reían a carcajadas. Imaginaban su cuerpo herido, sangrando, con la sangre corriéndole por todo el cuerpo. Querían bañarla con sustancias que le destruyeran la piel, que la carcomieran, y que, al respirarlas, le destrozaran sus órganos internos, o incluso obligarla a tragarlas. Verla morir lentamente sería, para ellos, el triunfo perfecto, un triunfo que celebrarían con inmenso orgullo.

La preciosa jovencita, por ese momento, logró ponerse a salvo de las bestias despiadadas que la perseguían. Sin embargo, al mirar hacia atrás, se dio cuenta de que la mujer que la acompañaba no tuvo la misma suerte. Aunque también corrió, tropezó con un trozo de árbol y se golpeó fuertemente el pie, lo que le impidió seguir corriendo para ponerse a salvo. Allí, tirada en el suelo, llorando de dolor, los malditos cobardes la atraparon. En ese mismo instante, la insultaron y golpearon a placer. Ese poco tiempo que tomaron los cobardes para torturar y humillar a la mujer fue suficiente para que la aterrada jovencita pudiera aprovechar la oportunidad de alejarse de sus cazadores, perdiéndose entre los bosques, barrancas y enormes piedras que la protegieron mientras huía. De esta forma, logró evitar ser atrapada y posiblemente torturada también, como aquellos malditos demonios deseaban.

Mientras las personas macabras detenían a la pobre loca, que había acompañado a la desafortunada joven, ésta, cayéndose, arrastrándose y levantándose, se alejaba un poco más de los despiadados que la perseguían. Sin embargo, los malvados avisaron a los demás por radio, informándoles de su ubicación y de por dónde la joven se les había escapado. Como fieras, los que estaban ocultos en otros lugares salieron a buscarla, y aquellos que estaban en sus casas, incluso dormidos, fueron llamados para unirse a la cacería de la pobre joven desamparada. Decenas de hombres y mujeres, armados con machetes, cuchillos y palos, recorrieron la oscuridad de la noche, sin importarles el peligro, con la intención de cazarla. Pero por más que la buscaron por el arroyo, donde caminar era difícil, ni los perros pudieron alcanzarla ni seguir las huellas que dejaba. Con rabia y rencor, los cobardes, frustrados por no poder atraparla una vez más, se quedaron sin su festín, con la baba cayendo de sus hocicos.

Estaban tan seguros de que el demonio la protegía que comenzaron a decir que la preciosa joven era su amante, su querida, su prostituta, y que por eso la escondía y la llevaba al infierno para salvarla. El odio y la maldad que sentían era tan grande que algunos hasta lloraban, gritaban y temblaban, como si estuvieran envenenados, y en su furia se golpeaban entre sí. Se maldecían unos a otros y repetían, como una letanía, que la joven era la amante de Satanás y que él la protegía para que no la encontraran y les pagara por sus maldades. Soltaban espuma por la boca, rabiando de prepotencia, mientras gritaban lo que les venía a la mente en sus enfermas y psicópatas cabezas.

El tiempo parecía eterno para aquellos desquiciados. Cada minuto sin encontrar a la joven les parecía un siglo, y su rencor hacia ella no dejaba de crecer. A pesar del agotamiento y de que algunos ya estaban heridos por caídas o golpes en los difíciles terrenos que atravesaban, su sed de venganza los mantenía en pie. Unas quince mujeres, más de veinte niños y once hombres sufrieron heridas graves y tuvieron que ser llevados a clínicas o a sus casas. Pero como verdaderos lobos, los que quedaban seguían aullando de hambre, sin poder disfrutar del festín de sangre que tanto deseaban.

Los desalmados pobladores de aquella ranchería estaban descontentos, llenos de coraje y odio hacia la bella joven. La maldecían por no poder atraparla. Decían que Satanás la había salvado una vez más, ya que nunca supieron si una fuerza divina o el propio diablo la había rescatado. Todos estaban convencidos de que Satanás protegía a las brujas y las salvaba de la hoguera. Pero esta vez, la joven se escondió en un lugar donde los lobos diabólicos, por más que buscaron, no lograron encontrarla. Aullando de frustración, los lobos sedientos de sangre se quedaron sin su presa, pero estaban seguros de que pronto la encontrarían. Sabían que estaba cerca y que pronto la atraparían viva, para escucharla pedir clemencia, verla morir de dolor, y luego, como a las brujas, quemarla.

De manera difícil de creer, los despiadados cazadores no lograban entender cómo la indefensa joven desamparada se les había burlado. En donde jamás imaginaron que se escondería, la joven encontró refugio: en el techo de una de las casas de quienes la perseguían. Herida de gravedad por los golpes y caídas que sufrió mientras huía, la joven logró salvarse por esa noche y ese día. El calor era insoportable, y la hermosa joven sufría de sed y hambre, al borde de la muerte. Sabiendo que tarde o temprano la encontrarían, decidió abandonar su escondite en la madrugada, antes de que fuera demasiado tarde. Aunque su vida ya parecía no importarle, avanzó con dificultad, arrastrando los pies por la debilidad que la aquejaba. Caminaba por los lugares más oscuros, pensando solo en ir a cortar flores del campo para, con la fe o suerte que la acompañaba, llegar a la tumba de la anciana que la cuidó cuando era niña. Aunque temía profundamente a los perversos monstruos que la perseguían, sabía que, si la atrapaban, la sacrificarían como ellos deseaban. Sin embargo, moriría contenta por haber podido despedirse de la única mujer que la quiso y la cuidó desde recién nacida.

La fuerza divina que la protegía volvió a intervenir, o tal como decían los cobardes desalmados que querían lincharla, era Satanás quien la amaba, la cuidaba y la salvaba. Creían que en varias ocasiones el diablo la había rescatado, impidiendo que los pobladores enfurecidos de aquella ranchería la destrozaran sin piedad, sin mostrar compasión alguna. Estos cobardes, con una sed de venganza absurda y cruel, deseaban arrebatarle la vida de la forma más sanguinaria y malévola posible, todo por las creencias erróneas y el odio que sentían hacia ella.

Nadie vio ni escuchó cómo la joven logró burlarse nuevamente de ellos. Nadie quería aceptar que se había escondido en el techo de aquella casa. Cuando los dueños de la vivienda encontraron huellas de su presencia, se lo mostraron a otros pobladores, pero nadie pudo entender cómo logró escapar de ese lugar sin ser vista ni olida por los perros. Algunos pensaron que hasta había embrujado a los perros para que no la detectaran ni le ladraran. Lo cierto es que logró escapar sin que se dieran cuenta. Los pobladores se quedaron con la idea, difícil de borrar de sus mentes, de que la hermosa joven era el mismo Satanás o su amante favorita, y que por eso la protegía y ayudaba a burlarse de ellos. Sin embargo, estaban seguros de que su día final estaba cerca, que el demonio eventualmente se cansaría de ella y la entregaría.

El cruel deseo de aquellos monstruos malvados estaba a punto de cumplirse. Para la joven desamparada, su destino, su sufrimiento y la maldición de haber nacido en esa ranchería, en ese mundo lleno de dolor, estaban llegando a su fin. La belleza, la sonrisa y la amabilidad que algunos pocos llegaron a admirar en ella, ya comenzaban a desvanecerse. Su existencia en esta vida se terminaba, cobrada de manera cobarde por los pobladores de aquella ranchería, quienes la responsabilizaban por una deuda inventada.

Para algunos de los endemoniados cazadores, la sorpresa fue grande. Los lobos salvajes de la ranchería no se percataron cuando la joven llegó al campo y, para su fortuna, no la vieron recoger las flores del campo. Todavía no amanecía, y los despiadados vigilantes no estaban atentos. Pero la maldición que siempre arrastraba la joven pronto se haría evidente: aunque había terminado de cortar las flores, fue descubierta al intentar salir. Los endemoniados, como lobos salvajes, la olfatearon y, hambrientos, fueron tras ella.

La hermosa y desamparada joven se encontraba gravemente herida. A pesar de su debilidad, pudo oír los gritos de quienes la perseguían y, sin importar su salud, pero sí su vida, comenzó a correr como una conejita asustada. Su debilidad, sus heridas y su pie lastimado parecían no importarle. Su único instinto era escapar del lugar en el que se encontraba, porque los malvados que deseaban atraparla ya la habían visto. Sin detenerse, empezó a correr, saltando zanjas y pozos, esquivando grandes piedras y trampas que le habían puesto para cazarla viva. Ninguna de las trampas la atrapaba, como si supiera exactamente dónde estaban, lo que hacía que sus cazadores se enfurecieran aún más, chillando como ratas rabiosas, tragándose su veneno y su orgullo, pues su deseo no se cumplía, y otra vez se quedaban con las ganas de atraparla.

Así pasó muchas horas de aquel caluroso día. La joven, herida y desamparada, corrió atravesando pequeños caminos y veredas, abismos, subidas y bajadas peligrosas, saltando matorrales, esquivando árboles y ramas que podrían herirla, atravesando cercas de alambre que casi la desgarraban. Se caía y se levantaba, saltaba piedras y árboles caídos. A pesar de estar exhausta y herida, no se detenía. Solo se paraba unos instantes para beber un poco de agua de los arroyuelos, pues no tenía otra opción que seguir corriendo para salvar su vida. Sabía muy bien que, si la atrapaban, aquellos psicópatas cazadores no tendrían ni la más mínima compasión con ella.

Para esos despiadados asesinos, capturar a la indefensa jovencita viva sería el mejor trofeo. Aunque a veces la veían por dónde andaba y algunos intentaban adelantarse para atraparla, no entendían cómo lograba burlarlos una y otra vez. Para ellos, capturarla sería el mayor triunfo, el mejor regalo de sus vidas. A pesar de sus caídas y heridas, la joven no soltaba las flores del campo que llevaba en sus enaguas. Corría como un animalito asustado y malherido, huyendo de las personas de aquella ranchería, quienes se habían convertido en lobos asesinos. Por momentos, en la oscuridad de la noche, lograba perderse de vista, pero los cazadores, expertos y guiados por los perros amaestrados, volvían a encontrar su rastro, que dejaba con las huellas de sangre de sus heridas.

Sin embargo, los perros parecían desinteresados, cansados, incluso se tiraban al suelo y perdían su rastro, lo que enfurecía aún más a los cazadores. Algunos incluso sugerían matar a los animales por no cumplir con su tarea de cazarla. Los cazadores murmuraban que la joven desamparada era en realidad el demonio, ya que los perros no parecían tener ningún interés en cobrar venganza. Pero ellos, los malvados cazadores, querían atraparla viva para someterla al castigo que creían que merecía. A lo lejos se oían los gritos de los cazadores, que se comunicaban por radios o celulares, intentando coordinarse para atraparla, mientras le ponían trampas con cables y redes, cavaban zanjas y cubrían con ramas para hacerla caer. Pero ella, como si supiera dónde estaban esas trampas, las evitaba.

Horas más tarde, tras muchas horas de persecución, la joven seguía sin ser encontrada. Durante la cacería, un hombre perdió la vida al resbalar en una peligrosa vereda y caer por un barranco, donde su cabeza y cuerpo se golpearon gravemente. Varias otras mujeres, niños y hombres también resultaron heridos al intentar seguir a la joven por caminos difíciles y peligrosos. Los cazadores, frustrados, pensaron que Satanás había salvado nuevamente a la joven de ser linchada, o que ella misma era el demonio. Esta letanía ya era repetida constantemente entre ellos: la bella joven y el demonio eran pareja, y por eso él la protegía.

La frustración y el odio que los cazadores sentían hacia la joven aumentaban con cada minuto. Aunque algunos de ellos estaban heridos o agotados, seguían adelante, alimentados por su sed de venganza. Sin embargo, nuevamente, al no poder saciar su odio y repudio hacia ella, aquellos malvados lobos se quedaron con las ganas de atraparla.

Ya estaba a punto de amanecer, pero aún no había salido el sol y la bella joven desamparada seguía sin aparecer. Los malvados de la ranchería pensaban que alguien la había ayudado, tal vez una poderosa fuerza divina, o que el demonio la protegió o se la llevó al infierno. Las personas que vigilaban la tumba de la anciana que había cuidado de la joven cuando era solo una niña aseguraban no haberla visto llegar. Tampoco la vieron cuando dejó las flores del campo que había recogido, ni cuando, desvanecida por el hambre, la sed y gravemente herida por las caídas que sufrió, se quedó dormida sobre la tumba, exhausta tras huir de las despiadadas personas de aquella ranchería.

Fue ya de madrugada, cuando apenas empezaba a aclarar, que los perversos lobos asesinos la vieron, abrazada sobre la tumba de la anciana que la había cuidado de pequeña. Se quedaron sorprendidos al encontrarla allí. Como los lobos hambrientos que eran, se lanzaron sobre ella. La levantaron con jalones y golpes, cruelmente la insultaron y siguieron maltratándola. Sin embargo, pronto notaron que no se movía, que estaba desvanecida. Los que la tenían agarrada se asustaron, y al verla inconsciente y sin señales de respirar, la soltaron. La observaron por un rato, sin hacer nada ni decir una palabra, como hipnotizados o como robots. Después, sin ponerse de acuerdo ni hablar entre ellos, simplemente se marcharon, dejando a la joven sola sobre la tumba.

Por bendición divina, o por suerte, la loca del pueblo, a quien los malvados ya habían liberado, parecía saber lo que había sucedido. Se dirigió hacia el cementerio y, al llegar y ver a la joven sobre la tumba, creyó que estaba muerta, que los cobardes la habían asesinado. Asustada y casi llorando, se acercó a ella, la sacudió y le habló, pero la joven no respondió. Desesperada, se abrazó a ella y lloró por un momento. Luego continuó hablándole, pensando que la joven estaba muerta. Entre sollozos, le decía que no se preocupara, que pronto volvería con ayuda. Llorando de angustia, le pidió que la esperara, que no se fuera, y así se marchó en busca de auxilio, tropezando en la oscuridad, casi cayendo por la prisa y el temor que sentía.

Mientras tanto, los amigos de la joven, como por un milagro divino, estaban regresando de la ciudad y pasaban cerca del cementerio. Como si intuyeran que algo malo le estaba sucediendo a la joven, no dudaron en detenerse cuando vieron a la loca del rancho haciéndoles señas para que se pararan. La reconocieron de inmediato, se salieron de la carretera y detuvieron sus autos. La loca se acercó, mientras otros bajaban del auto para preguntarle qué ocurría. Entre lágrimas y con dificultad, les contó lo que había sucedido.

La cruel noticia dejó impactados y asustados a los amigos de la joven. Incrédulos y desesperados, se subieron rápidamente a sus autos para ir en su búsqueda. Solo habían pasado unos cuantos minutos desde que la loca del rancho dejó a la bella joven desvanecida sobre la tumba de la anciana, pero cuando llegaron, ya no estaba. La buscaron por todo el panteón, pero no la encontraron. Nadie entendía lo que había sucedido, y las personas que se encontraban cerca o pasaban por el cementerio no sabían nada.

Finalmente, decidieron que algunos de los visitantes regresarían a la ciudad para avisar a las autoridades, mientras otros continuaban buscando a la joven junto con la loca y la otra persona. Preguntaron a todas las personas que encontraron si habían visto a alguien llevarse a la joven, pero nadie sabía o había visto nada. Algunos se quedaron en el panteón, mientras otros continuaron buscando en las rancherías cercanas, pero por más que investigaron, no encontraron ninguna respuesta sobre el paradero de la bella joven.

Por casi dos días, los visitantes y las autoridades buscaron por donde la bella desamparada joven se paseaba. A pesar de sus esfuerzos, no lograron encontrarla ni obtener ninguna pista sobre su paradero. No entendían cómo había desaparecido, ni si alguien la había hecho desaparecer. No hallaron ninguna huella que indicara que alguien la recogió, ni señal alguna de que los animales la hubieran devorado. Tampoco encontraron ningún rastro en las rancherías donde la odiaban. Al preguntar a las personas que la habían visto en el panteón, estas aseguraron no haberla llevado. Algunos de los que habían regresado a buscarla dijeron que no la encontraron, y empezaron a afirmar que Satanás se la había llevado, sugiriendo que, si querían hallarla, debían buscarla en el infierno.

Durante esos días, mientras los visitantes y las autoridades continuaban investigando, los amigos de la joven permanecían en la casa destruida, acompañados por la loca del pueblo. Parecía que la nostalgia por haber perdido a la joven había vuelto a la loca más inestable. Ahora era ella quien recogía flores del campo y caminaba sola hacia la tumba de la anciana. Algunos visitantes, para no dejarla sola, la seguían. La loca lloraba en la tumba y murmuraba, diciendo que hablaba con ellas. Aseguraba que seguiría recogiendo flores del campo y llevándolas a la tumba, ya que, según ella, la joven y la anciana estaban juntas allí.

Ante tales declaraciones, los visitantes comenzaron a creer en las palabras de la loca, pensando que quizás había algo misterioso en lo sucedido. Tal vez, la joven hermosa desamparada poseía algún poder divino que le permitió sepultarse sola junto a la tumba de la anciana. Esta teoría explicaría por qué no encontraron ninguna huella de ella ni señales de que alguien la hubiera enterrado, ya que la tierra de la tumba no parecía haber sido removida. Además, creían que era muy poco el tiempo para que alguien la hubiera llevado a otro lugar para enterrarla o esconderla, y no había ninguna evidencia en el panteón que sugiriera que recientemente alguien había sido sepultado.

Los visitantes regresaron a la ciudad y le contaron lo sucedido a las autoridades, solicitando una orden para exhumar la tumba de la anciana. Las autoridades, al principio, se rieron de ellos, pero finalmente les autorizaron la exhumación. Con la orden en mano, los visitantes volvieron a la ranchería y se organizaron para llevar a cabo la exhumación. Buscaron la compañía de unos religiosos para que estuvieran presentes en el proceso y bendijeran el lugar. Al contarles lo que pretendían hacer y el motivo, los religiosos escucharon con atención y, creyendo en lo que les decían, respondieron que aquello podía ser un milagro. Sin dudarlo, decidieron acompañar a los visitantes al panteón.

Después de varias horas, los amigos de la joven desamparada, los religiosos y los investigadores se reunieron en la tumba de la anciana. Al examinar el lugar, confirmaron que la tierra no había sido removida y que la tumba parecía estar en el mismo estado que las demás, abandonada y sin signos de haber sido perturbada. Sin embargo, confiaron en las palabras de la loca y, creyendo en su verdad, decidieron comenzar a excavar.

El calor del sol era abrasador, casi como pólvora encendida en los cuerpos de aquellos que rodeaban la tumba de la anciana. El sudor frío recorría sus cuerpos, tensos por lo que estaban a punto de hacer. Entre la incertidumbre de encontrar o no encontrar a la joven, palada tras palada, continuaban excavando. A pesar de sus dudas, ya que nunca vieron la tierra removida, seguían adelante, preguntándose cómo, en tan poco tiempo, alguien pudo haber enterrado a la joven junto a la tumba de aquella anciana que la cuidó cuando era una niña.

Después de varios minutos de estar excavando la tumba, casi media hora, bajo el intenso calor, los investigadores, los visitantes y los religiosos quedaron asombrados. Todos los que observaban fueron testigos de una increíble sorpresa: junto a los huesos del cuerpo de la anciana, encontraron a la bella desamparada joven. Su cuerpo aún estaba caliente, y la sangre en sus heridas parecía fresca, como si apenas hubiera salido, como si hubiera muerto tan solo unos minutos antes, pues de sus heridas aún brotaba sangre.

Las personas que la encontraron se retiraron de la tumba para que los religiosos pudieran entrar. Cuando estos tocaron su cara y cuerpo para sacarla, sintieron que su cuerpo estaba como si recién hubiera fallecido. Con mucho cuidado, la examinaron y la sacaron para observarla mejor. Los forenses que investigaban y los religiosos confirmaron que, en efecto, estaba muerta. Los religiosos la bendijeron, y ninguno de los presentes podía creer lo que veía. Solo los religiosos estaban seguros de que aquello había sido un milagro divino.

Durante casi una hora, mantuvieron a la joven sobre la tumba de la anciana, observándola y tratando de entender lo que había sucedido, aunque no lograron encontrar respuesta. Todos los que fueron testigos de ese milagro comenzaron a rezar, pidiendo por el descanso de su alma, para que, en la otra vida, pudiera encontrar la paz verdadera. Rezaban para que, en el más allá, no tuviera que cargar con la maldición que había encontrado en la tierra desde que era solo una bebé. Así, tal como estaba, la volvieron a enterrar en la misma tumba de la anciana, para que ambas descansaran juntas. Los investigadores y los religiosos decidieron no realizar más investigaciones, considerando que no había razón para continuar. Devolvieron a la joven desamparada a la tierra, deseando que, juntas, disfrutaran de una nueva vida en paz.

Se dice que el tiempo cura las heridas y sana las cicatrices, pero para las personas de esa ranchería y de las cercanas, esta creencia no parece ser verdad. Muchos consideran que es muy misterioso que justo en su cumpleaños, hace cinco años, la joven quedara completamente desamparada. Y justo en ese mismo día, tras haber cumplido veinte años, regresó a la ranchería donde la despreciaban. Además, cinco años después, misteriosamente falleció. Lo más inexplicable para ellos fue cómo la encontraron enterrada junto a la anciana que la cuidó cuando era niña. Nadie pudo dar una explicación, pero todos creen que fue una especie de reflexión o castigo por el mal que le hicieron. Los que la maltrataron cargan ahora con un profundo remordimiento, una pesada cruz que les atormenta, y este dolor persiste en sus vidas. Saben que se equivocaron, pero ya no pueden retroceder en el tiempo para pedirle perdón. Algunos lloran al recordar lo que le hicieron, se culpan y maldicen a sí mismos por la crueldad con la que la trataron.

Todos están convencidos de que fueron cobardes al juzgarla y condenarla por algo que ella ni siquiera entendía. Por las malas lenguas de unos pocos, todos creyeron en mentiras y maldades. Ahora piensan que si en lugar de condenarla, la hubieran ayudado y protegido desde el primer día, cuando quedó sola a los cinco años, la joven seguiría viva. No cargarían con esa culpa ni tendrían que vivir con la conciencia de haber causado su muerte. Para ellos, es una especie de enfermedad que no pueden curar, un dolor constante que les atormenta y les recuerda su error. Creen que solo en la muerte podrán superar este sufrimiento de conciencia.

La verdad de esta historia ha permanecido en la memoria de la gente de esa ranchería durante muchos años. Algunos de los que participaron en la maldad contra la joven aún viven en el mismo lugar. Los que ya han muerto, hasta sus últimos segundos de vida, fueron perseguidos por el recuerdo de aquella hermosa y desamparada joven.

Como las autoridades decidieron no seguir investigando, nunca culparon a la gente de la muerte de la joven, ya que en realidad nunca la atacaron directamente. Solo investigaron cuántas personas participaron en intentar asesinarla y en intimidar y golpear a la mujer que acompañaba a la indefensa joven. Como compensación, por orden de un juzgado, se dictaminó que las personas responsables, por daños a propiedad ajena y por el maltrato físico a la mujer que acompañaba a la joven, construyeran una casa de buena calidad en el mismo lugar para que la señora —porque incluso así, el juzgado ordenó que la llamaran— pudiera vivir ahí por el resto de su vida, hasta cuarenta años más. Además, por obligación, cada mes deben pagar una cantidad monetaria a la iglesia, para que un religioso le compre comida, medicinas, y, en caso de necesitar hospitalización, se le pueda atender. Asimismo, lo que la señora necesite de ropa o calzado, deben proporcionárselo de por vida.

La pregunta que todos los que siguen viviendo en esa comunidad se hacen, y que sigue sin respuesta, es por qué en la tumba donde descansan la joven desamparada y la anciana, las flores del campo que ella recogía siempre crecen, aunque las destruyan, nunca desaparecen. Ahora, por dondequiera que uno mire, esas flores están presentes. Dicen que las flores crecen a lo largo de los ríos, caminos, canales y montañas, e incluso por donde la iban persiguiendo o donde se escondía, las flores siguen naciendo y floreciendo. Son tan hermosas como ella lo era, y en su memoria, esas flores del campo que recogía han sido nombradas "Las flores de la joven desamparada". Les dieron ese nombre porque dicen que es un tipo de flor que solo se encuentra en esa población, que en otras rancherías o ciudades nadie las tiene. Dicen que, aunque muchos han intentado llevarlas a otros lugares, ciudades o estados para plantarlas, no logran crecer. Es por eso que los habitantes de esas comunidades, así como los visitantes de otras poblaciones y estados, están muy sorprendidos. Ahora, arrepentidos, en las oraciones que hacen en la iglesia, algunos con tristeza, pena y dolor recuerdan lo que le hicieron a la joven, o cuando la veían recogiendo flores del campo.

Los pobladores de esa ranchería están seguros de que nunca supieron, ni sabrán, si la joven en realidad era culpable de lo que la acusaron, la razón por la cual la condenaron a una vida miserable, llena de odio y maldad. Se siguen preguntando qué era o qué poder divino poseía, quién la ayudaba a escapar cuando ellos, cegados por su tonta sed de venganza, la perseguían. También se preguntan por qué se supo que el comandante y sus dos ayudantes fueron brutalmente asesinados en la cárcel solo unas horas después de la desaparición de la joven desamparada. Creen que el mismo poder bendito que protegía a la joven fue el que intervino cuando quisieron lincharla, ya que no se convirtieron en sus asesinos, aunque ahora se sienten culpables por lo que hicieron. En sus conciencias, están pagando por la maldad que cometieron, pues en sus pensamientos, sueños y pesadillas, ven a la joven. Dicen que cuando pasan por los lugares donde la desamparada joven se paseaba, sienten que ella los sigue o los observa. Algunos incluso afirman haberla visto aparecerse en los campos, en el río, y en todos los lugares donde solía recoger flores del campo.